岩波文庫

32-251-2

対訳

イェイツ詩集

高松雄一編

岩波書店

まえがき

アイルランドの詩人ウィリアム・バトラー・イェイツ(William Butler Yeats, 1865-1939)は、世紀末の詩人として世に出てから、第二次世界大戦がはじまる年に没するまで、ほぼ50年のあいだ、詩人として、劇作家として、絶え間ない創作活動を続けた。そうして、そのあいだに大きなほとんど劇的なと言っていい変貌をとげ、その新しい詩的世界が同時代のモダニズムの詩人たちや、さらに若い当時の社会派詩人たちの賛嘆をかち得た。エリオット(T. S. Eliot, 1888-1965)は、このアイルランド詩人がprovincialism(地方色)という飾り付けを取り払って、裸の部屋に住む決心を固めたと称賛し(『異神を追いて』1934)、オーデン(W. H. Auden, 1907-1973)は詩「イェイツ追悼」(1939)で「彼はいま百の都市に散った」と歌った。いずれも、イェイツが特殊相に頼ることをやめ、言葉の力そのものによって現代の人間に訴えはじめたことに注目し、同感の意を表しているのである。

初期のイェイツは「ケルト薄明」の詩人である。独特の憂愁美《ゆうしゅうび》をたたえる詩のなかでアイルランドの神話伝説の世界や不吉な妖精の振舞いなどを歌った。また、「目覚めと眠りのあわい」に身を置いて、「揺れ動く、瞑想的な、有機的なリズム」を探ることから創造の行為がはじまるとも考えていた(「詩の象徴主義」1900)。ここに生れるゆるやかな詩のリズム、反復される語句、悲哀に浸された音調、酬われぬ愛の嘆き、夜とも昼ともつかぬ茫漠《ぼうばく》とした物語世界、これらが読者を魅了した。

しかし1910年代になって彼は変った。同時代のアイルランド社会が詩の題材となり、表現は具体的に、文体は直截になった。なぜそうなったのだろう。1900年代の演劇運動から得たいくつかの体験、たとえば目の前の聴衆にじかに訴えるための表現の工夫、彼らの頑なな無理解に対する失望と怒りなど。彼の秘書役を務めてくれた若いアメリカの詩人パウンド(Ezra Pound, 1885-1972)の表現上の忠告、それに、何よりも、当時のアイルランドの政治的、社会的状況が、憂愁美のなかにとどまることを彼に許さなかった。原因はたぶんまだある。彼がアングロ・アイリッシュ(イギリスの植民者またはその子孫)という社会階層に所属していたことも、詩風の変化をもたらす一つのきっかけになったろうと私は考えている。つまり戦うアイルランドを歌うことが、同時に、自分の所属する社会階層の崩落を歌うことになるという相克を彼はかかえていた(この事情についてはかつて別な折に論じた)。

ここに述べたのは一つの見取図で、便宜的なものではあるが、一人の詩人がある時期を境にまったく別な種類の詩人になることは現実にはあり得ない。丹念に読めば、初期の姿勢がそのまま後期に繫《つな》がっているのがわかるはずだ。変ったのは語法であり視点であって、詩人の立場そのものではない。詩人の全体像は複合的なものだ。彼は最後まで芸術至上主義者でありつづけたし、市民階級とはいつも折合いが悪かった。アイルランドは常に彼の詩と共にあった。いずれにしろ、詩人が神話世界の霧のなかから抜け出たとき、いきなり苛烈《かれつ》な白日の下に身を曝《さら》さねばならなかったのは確かなことだろう。

ここでは全詩作品380篇あまりのなかから、よく知られている54篇を選んだ。作品の数は少ないが、初期から晩年にいたる詩的経歴をいくらかなりともかいま見ることができるようにした。対訳という性格上、訳文は直訳を基本としたが、訳詩としての整いにもできるかぎり配慮したつもりである。劇作品は含まない。

【底本】

The Collected Poems of W. B. Yeats, second edition, Macmillan, London, 1952.「旧版『全詩集』」と略記。私が長年読みなじんできたこのテクストを底本とする。編者名は記載されていないが、イェイツが生前目を通した1933年版の『全詩集』にその後の詩集や詩作品を付加したもの。詩人の没後ほぼ50年のあいだ主要な『全詩集』であり、研究者にも一般読者にも読まれてきた。

【参照したテクスト】

1　Peter Allt and Russell K. Alspach, eds., *The Variorum Edition of the Poems of W. B. Yeats*, Macmillan, New York, 1957.「『集注版』」と略記。詩の本文、初出の年と掲載紙または雑誌名、個々の版における語句の異同、イェイツの自注などを含む。

2　Richard J. Finneran, ed., *The Collected Poems of W. B. Yeats*, revised edition, Macmillan, New York, 1990.「新版『全詩集』」と略記。作品の語句、配列、取捨選択等、詩人の意図を尊重して編集方針に取り入れた。

【参考資料】

イェイツの研究書は多いが、ここでは主として翻訳のために参照した稿本研究をあげる。イェイツは1篇の詩を完成するまでに何度も原稿を書き直した。詩にもよるが、第1稿は散文のメモに近い。それからしだいに構文が複雑になり、韻律と脚韻が定まり、難解で曖昧な詩の体をとり、決定稿にいたる。時には、ほとんど実験的な手法で書かれた詩が定型詩に変化してゆくかのような観を呈することもある。どの草稿もこういうプロセスをたどるわけではないが、最後に定型詩にたどりつくことに変りはない(イェイツは無韻詩の韻律を用いることはあるが、散文詩や自由詩を書くことはない)。そうして、1917年に結婚した若い聡明な夫人がこれらの下書きのかなりのものを保存していた。

草稿の研究は、まず、詩的想像力生成のプロセスを解明し、その本質について形而上的な考察を加えるという姿勢が基本にあるけれども、それはほとんど必然的に謎解きの鍵探しという実際的な手続きをともなう。中期以後のイェイツの詩は必ずしも理解が容易ではない。それは彼の発想が独特で、語法もときに独断的な飛躍を見せたり、曖昧な二義性を作りだしたりすることがあるからだ。草稿のプロセスをたどれば詩人の意図がどこにあるか多少なりとも見当がつくかもしれない。すべてがわかるとはもちろん言えないし、完成した詩はすでに作者の手を離れて独立した、すべて読者の解釈に委ねられるべき自律的な実体だ、という考え方もある。しかし作者の着想に密着するのも正当な一つの解釈の仕方であるにはちがいない。稿本の研究はそういう立場に立つと言っていい。

ところがイェイツの筆跡は読みにくい。私はもちろん原稿の写真で見当をつけ研究者の転写をなぞるだけだが、英米の専門家でも判読に戸惑うことがあるようだ。もともと他人に読ませるためのものではないし目が悪かったせいもあるだろう。若いときに父のあとを継いで画家になることを志望したが、目のために諦めたいきさつもある。

下記1〜5はこの立場から原稿を判読し詩を解釈した研究である。6〜11の6点はコーネル大学が企画する稿本復刻研究シリーズ（'The Cornell Yeats'）。個々の詩集ごとに編纂《へんさん》されているから、研究書の出版年代順ではなく、詩集が出版された順に並べた。両開きにしたページの片面に原稿の写真、もう片面は文字の配置をそのまま活字に移してある。棒引きして抹消した文字もそのまま活字にした。一例をあげると、「ビザンティウムへの船出」（'Sailing to Byzantium'）は両面合せて48ページに及ぶ。12は稿本研究ではないがイェイツの定型詩の技法を細密に分析して本文の解釈に及ぶすぐれた研究。13〜15は固有名詞、出典、語句等についての注釈。

1　Thomas Parkinson, *W. B. Yeats Self-Criticism: A Study of His Early Verse*, University of California Press,

1951.

2 ―, *W. B. Yeats the Later Poetry*, University of California Press, 1964.

3 Jon Stallworthy, *Between the Lines: W. B. Yeats's Poetry in the Making*, Oxford University Press, 1963.

4 ―, *Vision and Revision in Yeats's Last Poems*, Oxford University Press, 1969.

5 Curtis B. Bradford, *Yeats at Work*, Southern Illinois University Press, 1965.

6 Stephen Parrish, ed., *The Wild Swans at Coole: Manuscript Materials*, Cornell University Press, 1994.

7 Thomas Parkinson & Anne Brannen, eds., *Michael Robartes and the Dancer: Manuscript Materials*, Cornell University Press, 1994.

8 Richard J. Finneran et al., eds., *The Tower (1928): Manuscript Materials*, Cornell University Press, 2007.

9 David R. Clark, ed., *The Winding Stair (1929): Manuscript Materials*, Cornell University Press, 1995.

10 J. C. C. Mays & Stephen Parrish, eds., *New Poems: Manuscript Materials*, Cornell University Press, 2000.

11 James Pethica, ed., *Last Poems: Manuscript Materials*, Cornell University Press, 1997.

12 Helen Vendler, *Our Secret Discipline: Yeats and Lyric Form*, Oxford University Press, 2007.

13 A. Norman Jeffares, *A New Commentary on the Poems of W. B. Yeats*, Macmillan, London, 1984.

14　Sam McCready, *A William Butler Yeats Encyclopedia*, Greenwood Press, 1997.

15　Lester I. Conner, *A Yeats Dictionary*, Syracuse Universiy Press, 1998.

【翻訳・注釈】

これは網羅的なリストであることを意図していない。目を通し得たかぎりの詩の翻訳と注釈である。それぞれに特徴があり、それぞれに得るところがあった。

西條八十訳詩集『白孔雀』尚文堂書店、1920年。イェイツの初期の詩8篇を含む。

Kazumi Yano, ed., *Select Poems of William Butler Yeats, with Introduction and Notes*(1928; 3rd edition 1935). 20世紀初頭までの初期の詩を編纂したもの。矢野禾積氏の綿密な解説と注釈がある。「研究社英文学叢書」の1冊。

山宮允訳『イエイツ詩選』吾妻書房、1955年。詩53篇を収める。前期の詩の原文と訳を主体とし中期の詩数篇も含む。

尾島庄太郎訳『イェイツ詩集』北星堂書店、1958年。前期から晩年の詩まで134篇を収める。

『イェイツ・ロレンス詩集』新潮社、世界詩人全集15、1969年。イェイツの詩66篇を含む(初期から中期までの詩を尾島庄太郎訳で43篇、中期以後を大浦幸男訳で23篇)。

平井正穂・高松雄一編『イェイツ・エリオット・オーデ

ン』筑摩世界文学大系71、1975年。中期以後のイェイツの詩27篇の翻訳を含む(田村英之助訳8篇、出淵博訳7篇、高松雄一訳12篇。いずれも個人訳)。

櫻井正一郎・藪下卓郎・津田義夫共編著『イェイツ名詩評釈』大阪教育図書、1978年。中期以後の詩25篇を収める。原詩と訳詩のほか、個々の作品に複数の編者が異なる立場から評釈を付したもの。

鈴木弘訳『W・B・イェイツ全詩集』北星堂書店、1982年。これまでに唯一の全詩作品の翻訳。

中林孝雄・中林良雄共訳『イェイツ詩集』第4版、松柏社、2001年。初期から晩年まで114篇の詩を収める。

小堀隆司訳『イェイツ詩集・塔』思潮社、2003年。詩集『塔』全篇の翻訳。

中林孝雄訳『W・B・イェイツ詩集・塔』個人書店銀座店、2008年。詩集『塔』全篇の翻訳。

＊

なお、本対訳詩集に収録した訳詩のうち、上記『イェイツ・エリオット・オーデン』(筑摩世界文学大系71)の高松訳12篇(「ビザンチウムへの船出」「イーヴァ・ゴア＝ブースとコン・マルキエヴィッチの思い出に」「自我と魂の対話」「三つの運動」「一九三一年のクール荘園とバリリー」「ビザンチウム」「動揺」「青金石」「やさしい踊り子」「老人どもが怒り狂ってはわるいか？」「サーカスの動物は逃げた」「ベン・ブルベンのした」)、および『現代詩手帖』(1985年11月号)に掲載された高松訳「薔薇の詩五編」

(「時の十字架にかけられた薔薇へ」「世界の薔薇」「平和の薔薇」「戦いの薔薇」「秘された薔薇」)を再録した。いずれにも訳名の改題、訳文の補正など多かれ少なかれ手を入れた。当時のそれぞれの編集者にお礼を申しのべたい。

編　者

CONTENTS

目　次

[1] The Song of the Happy Shepherd

The woods of Arcady are dead,
And over is their antique joy;
Of old the world on dreaming fed;
Grey Truth is now her painted toy;
Yet still she turns her restless head:
But O, sick children of the world,
Of all the many changing things
In dreary dancing past us whirled,
To the cracked tune that Chronos sings,
Words alone are certain good.
Where are now the warring kings,
Word be-mockers?—By the Rood,
Where are now the warring kings?
An idle word is now their glory,
By the stammering schoolboy said,
Reading some entangled story:
The kings of the old time are dead;

---

[1] 1885年10月 *The Dublin University Review* 初出。詩集 *The Wanderings of Oisin and Other Poems* (London, 1889)に収録。元は習作牧歌劇の納め口上(epilogue)で、ト書に「貝殻を手にした牧羊神サチュロスが語る。最後のアルカディア住人の歌」とあった(『集注版』による)。 **1 Arcady** Arcadiaの雅語。古代ギリシアの地名。牧歌体文学では羊飼たちの住まう理想郷。 **9 Chronos** ギリシア

[1] 幸福な羊飼の歌

アルカディアの森は死んだ。
いにしえの歓楽は終った。
むかし、世界は夢を食べて育ったが、
今では〈灰いろの真理〉が彼女の彩色玩具だ。
それでもなお不安気に頭《こうべ》をめぐらせている。
しかし、ああ、世の病める子らよ、
変転する多くのものたちが
クロノスのひび割れた調べにのって
侘《わび》しく踊りながら、渦を巻いて過ぎ去るけれど、
ただ言葉だけが確実な善だ。
戦いつづけた王たち、言葉を嘲笑したあの者らは
今どこにいる？――〈十字架〉にかけて聞く、
戦いに生きた王たちは今どこに？
もつれからまる物語を小学生が
つかえながら読みあげる、その
空しい言葉が今は彼らの栄光だ。
古代の王たちは死んだ。

語の「時間」を擬人化した。 **12** Rood《古語》=Cross. ことにキリストが処刑されたときの十字架。

The wandering earth herself may be
Only a sudden flaming word,
In clanging space a moment heard,
Troubling the endless reverie.

Then nowise worship dusty deeds,
Nor seek, for this is also sooth,
To hunger fiercely after truth,
Lest all thy toiling only breeds
New dreams, new dreams; there is no truth
Saving in thine own heart. Seek, then,
No learning from the starry men,
Who follow with the optic glass
The whirling ways of stars that pass—
Seek, then, for this is also sooth,
No word of theirs—the cold star-bane
Has cloven and rent their hearts in twain,
And dead is all their human truth.
Go gather by the humming sea
Some twisted, echo-harbouring shell,
And to its lips thy story tell,

22　nowise=in no way.　**dusty**　「不毛な」の意だが、人は塵(dust)から出て塵に返るというキリスト教の理念を反映している(旧約「創世記」3・19、『祈禱書』「死者の埋葬」等)。 **23　sooth**《古語・詩語》「真実」。Grey Truth とは別な種類の真実を指して。 **25　thy**　単数二人称所有格(古語)。誰を相手にしているかは不明。あるいは自分自身への呼びかけか。 **27　Saving**=Except.　**thine**　ここでは単数二

さまよい漂う地球そのものが
とつぜん炎上する一つの言葉にすぎないのか。
かまびすしく鳴り響く空間のなかで、一瞬、
永劫《えいごう》の瞑想を搔き乱して聞える言葉ではないか。

だから塵《ちり》まみれの行為を崇《あが》めるのはよせ、
真理を求めてあくせくあがくのもよせ、
なぜなら、これもまた真実なのだから。
おまえがどんなに苦労しても、ただ次々に
新しい夢を生み出すだけに終りはしないか。
真実はおまえの心のなかのほかにありはしない。
だから、天文学者から知識を学ぶのはよせ、
彼らは望遠鏡をのぞき、渦を巻いて
過ぎ行く星の軌道をたどるけれど——
彼らの言葉を求めるな、これもまた
真実なのだから——冷たい星の呪いが
あの者たちの心を真っ二つに引き裂いた。
彼らの知る人間の真理はことごとく死んだ。
ざわめき歌う海へ行って
内にこだまを秘めるねじれ貝をさがし出し、
その口元におまえの物語を語ってやれ。

人称所有格。次に母音が来るときにこの所有代名詞を用いる。 28
starry 「天文学の」。稀な用法だがバイロンの詩に前例がある。 32
star-bane 「星のもたらす禍《わざわ》い」。

And they thy comforters will be,
Rewording in melodious guile
Thy fretful words a little while,
Till they shall singing fade in ruth
And die a pearly brotherhood;
For words alone are certain good:
Sing, then, for this is also sooth.

I must be gone: there is a grave
Where daffodil and lily wave,
And I would please the hapless faun,
Buried under the sleepy ground,
With mirthful songs before the dawn.
His shouting days with mirth were crowned;
And still I dream he treads the lawn,
Walking ghostly in the dew,
Pierced by my glad singing through,
My songs of old earth's dreamy youth:
But ah! she dreams not now; dream thou!
For fair are poppies on the brow:
Dream, dream, for this is also sooth.

---

39 Rewording 「言い換える」。新版『全詩集』ではRewarding(「酬いる」)。 **guile**＝trick. **47 faun** 林野を司るローマの牧羊神。上半身は人に近く下半身は山羊《やぎ》。ギリシアのサチュロスと重なり合う。羊飼の友で陽気ないたずら者で若者の姿をとる。 **55 she** 前行のold earthを指す。 **dream thou!** 命令形。単数二人称主格thouは相手に対する命令を強調して。 **56 poppies** 忘却と眠りの象徴。

そうすれば貝の口はおまえの慰め役になり、
しばらくのあいだは、苛立《いらだ》ちの言葉を
旋律ゆたかな歌に作りかえ、
しまいには悲しげに歌いながら消えて、
死に絶え、真珠の仲間となるだろう。
なぜなら言葉だけが確実な善なのだから。
それゆえに歌え、これもまた真実なのだから。

私はもう行かねば。黄水仙《きずいせん》と百合が
波打って揺れるところに一つの墓がある。
夜明けまえに、楽しい歌を歌い聞かせて、
眠たげな土の下に埋められた
哀れなファウヌスを喜ばせてやろう。
あれが嬉しげに叫んで遊んだ日々は終った。
だが私は今も夢に見る、あれが芝生を、
露を踏んで、影のように歩む姿を、
私の歓びの歌に、いにしえの大地の
夢多き青春を歌う私の歌に心おののかせながら。
ああ、彼女はもう夢を見ない。おまえが夢を見ろ！
額《ひたい》を飾る罌粟《けし》の花は美しい。
夢を見ろ、夢を、これもまた真実なのだから。

[2]　The Falling of the Leaves

Autumn is over the long leaves that love us,
And over the mice in the barley sheaves;
Yellow the leaves of the rowan above us,
And yellow the wet wild-strawberry leaves.

The hour of the waning of love has beset us,
And weary and worn are our sad souls now;
Let us part, ere the season of passion forget us,
With a kiss and a tear on thy drooping brow.

---

[2]　詩集 *The Wanderings of Oisin and Other Poems* (London, 1889)初出。　**7**　**ere**《古語・詩語》= before.

[2] 落　葉

私たちを愛《め》でてくれる長い葉に秋が来た。
大麦の束《たば》に棲《す》む鼠たちにも秋が来た。
頭の上のナナカマドが黄いろになった。
濡れた野いちごの葉も黄いろになった。

愛の終る時がそこまで迫《せま》っている。
二人の悲しい魂はもう疲れてやつれ果てた。
情熱の季節が過ぎ去るまえに別れよう、うつむく
あなたの額《ひたい》に一つの接吻と一滴《ひとしずく》の涙を残して。

［3］ Ephemera

‘Your eyes that once were never weary of mine
Are bowed in sorrow under pendulous lids,
Because our love is waning.’
　　　　　　　　　　　　　And then she:
‘Although our love is waning, let us stand
By the lone border of the lake once more,
Together in that hour of gentleness
When the poor tired child, Passion, falls asleep.
How far away the stars seem, and how far
Is our first kiss, and ah, how old my heart!’

Pensive they paced along the faded leaves,
While slowly he whose hand held hers replied:
‘Passion has often worn our wandering hearts.’

The woods were round them, and the yellow leaves
Fell like faint meteors in the gloom, and once

---

［3］ 詩集 *The Wanderings of Oisin and Other Poems*(London, 1889)初出。表題の Ephemera は「カゲロウ、はかないもの」の意だが、ここでは二人の恋を言う。

[3]　かりそめのもの

「かつてあなたの目は飽かず私の目を見つめたが
いまは重い目蓋《まぶた》の下で悲しげに伏せられている。
二人の愛が終りかけているから」
すると彼女が
「私たちの愛は終りかけているけれど、もう一度
二人で淋しい湖のほとりに立ちましょう、
疲れ果てた哀れな子〈情熱〉が眠りにつく
静かな時刻が来たら、二人でいっしょに。
星々がとても遠くに見える。最初の接吻も
とても遠くなった。それに、ああ、私の心も老いた」

物思いに沈みながら二人は朽ちた落葉の道をたどった。
男は女の手を取ったままゆっくりと、
「二人の惑う心を〈情熱〉が何度も倦《う》ませたものだった」

森が二人の周囲にあった。薄闇のなかで
黄いろい葉が光の褪《あ》せた流星のように落ちた。

A rabbit old and lame limped down the path;
Autumn was over him: and now they stood
On the lone border of the lake once more:
Turning, he saw that she had thrust dead leaves
Gathered in silence, dewy as her eyes,
In bosom and hair.
　　　　　　　　'Ah, do not mourn,' he said,
'That we are tired, for other loves await us;
Hate on and love through unrepining hours.
Before us lies eternity; our souls
Are love, and a continual farewell.'

21　other loves　「別な世界の愛」。イェイツは死と再生の理念に強く惹かれていた。これは終生変ることがない([54]を参照)。人間は愛と別れの生を未来永劫にわたって繰り返す、の意か。 **23　Before us lies eternity**　たとえば形而上派詩人マーヴェル(Andrew Marvell, 1621-1678)の詩「内気な恋人に」('To his Coy Mistress')の「私たちの前には広大な永遠の砂漠が広がっている」(And yonder all before

一羽の老いた兎が足を引きずって小道を去った。
兎の上にも秋が来ていた。そうして、いま、二人は
ふたたび侘《わび》しい湖の岸辺に立った。
男が振り向くと、女は黙ったまま、
その目のように濡れそぼった枯葉を拾って、
胸や髪に挿していた。
「ああ、私たちが倦み疲れたのを」男は言った。
「嘆かないでくれ。別な愛が二人を待っているから。
憎み続け、愛しぬこう、過ぎ去る時を託《かこ》つことなく。
二人の前には永遠が横たわっている。私たちの魂とは
愛だ。そうして絶えまない別離だ」

---

us lie/Deserts of vast eternity)を連想させるが、この恋人たちを待ち構えているのは究極の畏怖すべき「永遠」であり、イェイツの恋人を待つのは転生と反復の「永遠」である。

［4］ The Stolen Child

Where dips the rocky highland
Of Sleuth Wood in the lake,
There lies a leafy island
Where flapping herons wake
The drowsy water-rats;
There we've hid our faery vats,
Full of berries
And of reddest stolen cherries.
Come away, O human child!
To the waters and the wild
With a faery, hand in hand,
For the world's more full of weeping than you can understand.

Where the wave of moonlight glosses
The dim grey sands with light,
Far off by furthest Rosses

---

［4］ 1886年12月 *The Irish Monthly* 誌初出。詩集 *The Wanderings of Oisin and Other Poems* (London, 1889)に収録。妖精は美しい子供をさらって行くという農民伝説を踏まえて。地名はすべてアイルランド北西部の町スライゴー(Sligo)近辺のもの。詩人は幼少年時代の夏を母の実家のあるこの港町で過した。 **2 Sleuth Wood** 町の東南のギル湖のそばにある。 **15 Rosses** スライゴー湾北側の岬。砂地が

[4]　さらわれた子供

スルース・ウッドの岩山が
湖に浸《ひた》るあたりに、
樹木の茂る島があり、
青鷺《あおさぎ》たちが羽搏《はばた》いて
眠たげな水棲鼠《すいせいねずみ》の目を覚す。
そこに私ら妖精は大きな樽《たる》を隠しておいた。
なかには苺《いちご》がぎっしりと、おまけに
かすめ取った真っ赤なさくらんぼまで。
《あちらへ行こうよ、人の子よ。
湖へ、荒れ果てた野へ、
妖精と手をたずさえて、
この世にはおまえの知らない嘆きが
　　　　　　　　　　　　いっぱい。》

月光が波を打ち暗い灰いろの砂浜に
光の磨きをかける場所、
遠い向うのロッシズの岬のそばで、

広がる。

We foot it all the night,
Weaving olden dances,
Mingling hands and mingling glances
Till the moon has taken flight;
To and fro we leap
And chase the frothy bubbles,
While the world is full of troubles
And is anxious in its sleep.
Come away, O human child!
To the waters and the wild
With a faery, hand in hand,
For the world's more full of weeping than you can understand.

Where the wandering water gushes
From the hills above Glen-Car,
In pools among the rushes
That scarce could bathe a star,
We seek for slumbering trout
And whispering in their ears
Give them unquiet dreams;

29　Glen-Car　現在の表記はGlencar。町の北東にある渓谷地帯。湖、崖、滝などがある。

私らは一晩踊って夜をあかす、
古い踊りを織りまぜて、
互いに手を組み、目くばせし合い、
月がどこかへ消えるまで、
あちらこちらと跳ねまわり、
泡立つ波を追いかける。
この世は煩《わずら》いごとばかり、
眠っていても苦労は絶えぬ。
《あちらへ行こうよ、人の子よ。
妖精と手をたずさえて、
湖へ、荒れ果てた野へ、
この世にはおまえの知らない嘆きがいっぱい。》

グレン＝カーにのぞむ山々から
うねる流れがたぎり落ちて、
びっしりと藺草《いぐさ》の茂る淀《よど》みをつくり、
星影一つ映す隙間《すきま》さえも与えない。
私らはそこにまどろむ鱒《ます》を探し当て、
魚の耳にささやいて
やつらの夢を掻き乱す。

Leaning softly out
From ferns that drop their tears
Over the young streams.
Come away, O human child!
To the waters and the wild
With a faery, hand in hand,
For the world's more full of weeping than you can understand.

Away with us he's going,
The solemn-eyed:
He'll hear no more the lowing
Of the calves on the warm hillside
Or the kettle on the hob
Sing peace into his breast,
Or see the brown mice bob
Round and round the oatmeal-chest.
For he comes, the human child,
To the waters and the wild
With a faery, hand in hand,
From a world more full of weeping than he

44-49　平穏な日常を思わせる描写。妖精はここから子供を引きさらって行くまがまがしい存在である。 **46　hob**　暖炉の内側に作りつけた湯沸かし台。 **48　bob** = to dance, to move to and fro with singular motion. **49　oatmeal-chest**　挽割《ひきわ》り燕麦を貯蔵する箱。

露のしたたる羊歯《しだ》の葉から
小川の流れに
そっと身をのり出して。
《あちらへ行こうよ、人の子よ。
妖精と手をたずさえて、
湖へ、荒れ果てた野へ、
この世にはおまえの知らない嘆きが
いっぱい。》

まじめな目をした子供は出て来る、
私らに誘われて家を出て来る。
暖かい丘べで
子牛たちが啼《な》く声も、
暖炉棚の薬缶《やかん》が歌い、子供の胸に
安らぎを注ぎ込んでくれるのももう聞かぬ、
茶いろ鼠が燕麦箱《えんばくばこ》のまわりを駆けめぐり
踊り跳ねるのももう見ない。
《子供は来るよ、人の子は、
湖へ、荒れ果てた野へ、
妖精と手をたずさえて、
この世には子供の知らない嘆きが

can understand.

いっぱい。》

［5］ Down by the Salley Gardens

Down by the salley gardens my love and I did meet;
She passed the salley gardens with little snow-white feet.
She bid me take love easy, as the leaves grow on the tree;
But I, being young and foolish, with her would not agree.

In a field by the river my love and I did stand,
And on my leaning shoulder she laid her snow-white hand.
She bid me take life easy, as the grass grows on the weirs;
But I was young and foolish, and now am full of tears.

---

［5］ 詩集 *The Wanderings of Oisin and Other Poems* (London, 1889) 初出。スライゴーの老婆が口ずさんでいた古謡をもとに書き直した、とイェイツは述べている。 1 **salley**《方言》= sallow (柳属の低木).

[5]　柳の園に来て

柳の園に来て、愛する人と私は会った。
真っ白な小さい足で園を歩みながら
こう言った、
愛はすなおに受ければいい、木の葉が芽吹いて
くるように。
だが、私は若くて愚かで聞き入れようと
しなかった。

川の近くの野原のなかに、愛する人と私は立った。
私がそばに寄り添うと、真っ白な手を肩に置いて
こう言った、
人生はすなおに生きればいい、堤に草が萌《も》え
出るように。
だが、あのころの私は若くて愚かで、今はただ涙にくれる。

[6]　To the Rose upon the Rood of Time

Red Rose, proud Rose, sad Rose of all my days!
Come near me, while I sing the ancient ways:
Cuchulain battling with the bitter tide;
The Druid, grey, wood-nurtured, quiet-eyed,
Who cast round Fergus dreams, and ruin untold;
And thine own sadness, whereof stars, grown old
In dancing silver-sandalled on the sea,
Sing in their high and lonely melody.
Come near, that no more blinded by man's fate,
I find under the boughs of love and hate,
In all poor foolish things that live a day,
Eternal beauty wandering on her way.

Come near, come near, come near—Ah, leave me still
A little space for the rose-breath to fill!
Lest I no more hear common things that crave;
The weak worm hiding down in its small cave,

---

[6]　*The Countess Kathleen and Various Legends and Lyrics* (London, 1892)初出。イェイツの薔薇は、愛、恋人、アイルランドの神話世界、神秘主義的体験などを包含する象徴。薔薇と十字架の組合せは「永遠の美」(12行目)と「時間」の相克を表している。オカルティズムの秘密結社「薔薇十字会」の記章に用いられている。**3 *Cuchulain***　アルスター伝説の英雄。見知らぬ若者と決闘して倒す

[6]　時の十字架にかけられた薔薇に

《わが生を司る赤い薔薇、誇り高い薔薇、悲しい薔薇よ！
古代の習わしを歌うあいだ、そばに来てくれ。
わが歌うのは、塩辛い波と戦うクーフリン、
森に生きる眼《まな》ざし穏やかな白髪のドルイド僧、
彼はファーガスを夢の網で覆い、破滅を告げなかった。
それからあなたの悲しみ、年老いた星たちが
銀のサンダルを履き、海の上で踊りながら、
高貴で侘《わび》しい調べにのせて歌うその悲しみ。
来てくれ、もはや人の定めに惑わされることなく、
愛と憎しみの枝の下に、
ひと日を生きるすべての貧しい愚かなもののなかに、
たゆたいつつわが道を行く永遠の美を見るようにしてくれ。

そばに来てくれ、来てくれ、来てくれ——ああ、だが、
薔薇の香り満つるべき空間を少しは私にも残してくれ！
切なく生きる普通のものらの声を聞かずに、
たとえば、小さな穴に潜むけちな虫や、

が、相手が実の息子であったことを知って狂乱、海に飛びこんで波と戦う。 **4-5**　*The Druid* と *Fergus* については共に[7]を参照。 **15-21**　*Lest*(＝for fear that...)は 21 行目末までを支配する。詩人は超越的体験を求めるが日常の現実にも愛着がある。初出では 14 行目末の感嘆符も、15 行目末と 18 行目末のセミコロンもすべてコンマで、13-21 行目の全体が一つの文の体裁をとっていた(『集注版』による)。

The field-mouse running by me in the grass,
And heavy mortal hopes that toil and pass;
But seek alone to hear the strange things said
By God to the bright hearts of those long dead,
And learn to chaunt a tongue men do not know.
Come near; I would, before my time to go,
Sing of old Eire and the ancient ways:
Red Rose, proud Rose, sad Rose of all my days.

23　*Eire* 「エール」。アイルランドのゲール語名。

すぐそばの草むらを走り抜ける野鼠や、
働いて消えゆく鈍い死すべきものらの望みを聞かずに、
昔の死者たちの輝く心に神が語った
不思議なことどもを聞き、人に知られぬ言葉で
歌うすべを学ぶだけで終ることのないように。
そばに来てくれ。私はこの命の尽きるまえに、
古いアイルランドと古代の習わしを歌いたい。
わが生を司る赤い薔薇、誇り高い薔薇、悲しい薔薇よ。》

[7]　Fergus and the Druid

Fergus.　This whole day have I followed in the rocks,
And you have changed and flowed from shape
to shape,
First as a raven on whose ancient wings
Scarcely a feather lingered, then you seemed
A weasel moving on from stone to stone,
And now at last you wear a human shape,
A thin grey man half lost in gathering night.

Druid.　What would you, king of the proud Red
Branch kings?

Fergus.　This would I say, most wise of living souls:
Young subtle Conchubar sat close by me
When I gave judgment, and his words were wise,
And what to me was burden without end,
To him seemed easy, so I laid the crown

---

[7]　1892年5月21日 *The National Observer* 紙初出。*The Countess Kathleen and Various Legends and Lyrics* (London, 1892)に収録。Fergusはアルスター伝説の王で詩人。妻(ないし義姉)ネッサ(Nessa)の連れ子コノハーに王位を譲り、自分は狩猟や宴会に明け暮れる気《き》儘《まま》な生活に入った。Druidは古代ケルト族の僧で、予言者、詩人、魔術師、審判者を兼ねた。 **8 the proud Red Branch kings**

[7] ファーガスとドルイド僧

ファーガス　一日じゅう私は岩山のなかを追いかけたが、
おまえは次から次へと流れるように
　　　　　　　　　　姿を変えた。
最初は年老いて、翼にはほとんど一枚の羽根も
残っていない大鴉《おおがらす》、それから、岩から岩へ
たえず走りまわる鼬《いたち》に変身し、
いま、やっと人間の姿にもどった、
深まる夜の闇に溶けこみかけた痩身《そうしん》白髪の老人に。

ドルイド　何がほしい、誇り高い〈赤枝戦士団〉
　　　　　　　　　　　　　　諸侯の王よ。

ファーガス　こうだ、生者のなかでもっとも賢い人よ。
私が裁断をくだすときに、若くて機敏なコノハーが
そばにいて、賢明な意見を述べた。
私にとっては限りない重荷であるものが、
彼にはたやすいことらしい。だから私は王冠を脱いで、

アルスター王のもとに集《つど》う「赤枝戦士団」の諸侯。赤枝は王の館《やかた》の大広間の名称から。 **10 Conchubar** ファーガスのあとを継ぎ明敏で策略にたけた王となる。

Upon his head to cast away my sorrow.

Druid. What would you, king of the proud Red Branch kings?

Fergus. A king and proud! and that is my despair.
I feast amid my people on the hill,
And pace the woods, and drive my chariot-wheels
In the white border of the murmuring sea;
And still I feel the crown upon my head.

Druid. What would you, Fergus?

Fergus. Be no more a king,
But learn the dreaming wisdom that is yours.

Druid. Look on my thin grey hair and hollow cheeks
And on these hands that may not lift the sword,
This body trembling like a wind-blown reed.
No woman's loved me, no man sought my help.

その頭に載せてやり、おのれの悲しみを投げ捨てた。

ドルイド　何が望みだ、誇り高い〈赤枝戦士団〉
諸侯の王よ。

ファーガス　王にして誇り高い！　これが絶望のもとだ。
丘の上で家臣たちに囲まれて宴《うたげ》を開いても、
森を歩み、ざわめく海の白い波打ちぎわに
戦車を走らせても、
やはり頭に王冠が載っているような気がする。

ドルイド　どうしたいのだ、ファーガスよ。

ファーガス　もう王でいたくはない。
おまえの術を、夢を見る知慧《ちえ》を学びたいのだ。

ドルイド　この薄い白髪を、こけた頰《ほほ》を見るがいい。
一振りの剣《つるぎ》を持ち上げることさえも叶《かな》わぬこの手を、
風に吹きなびく葦《あし》のように震えるこの体を見るがいい。
女が私を愛したことはない。男は私の助けを求めない。

Fergus. A king is but a foolish labourer
Who wastes his blood to be another's dream.

Druid. Take, if you must, this little bag of dreams;
Unloose the cord, and they will wrap you round.

Fergus. I see my life go drifting like a river
From change to change; I have been many things—
A green drop in the surge, a gleam of light
Upon a sword, a fir-tree on a hill,
An old slave grinding at a heavy quern,
A king sitting upon a chair of gold—
And all these things were wonderful and great;
But now I have grown nothing, knowing all.
Ah! Druid, Druid, how great webs of sorrow
Lay hidden in the small slate-coloured thing!

ファーガス　王とは愚かな労働者にすぎぬ。
他人の夢を作るために空しくおのが血を流すだけだ。

ドルイド　ぜひにとなら、この小さな夢の袋を取って
紐《ひも》をほどけ。夢がそなたを包みこむぞ。

ファーガス　私の生涯がつぎつぎに変転して
川のように流れてゆく。私は多くのものに
なった──
大浪のなかの緑いろの一滴、剣の刃の
仄《ほの》光る輝き、丘の上に立つ一本の樅《もみ》の木、
重い石臼《いしうす》を挽《ひ》く年老いた奴隷、
黄金の玉座に坐する王──
すべてが素晴らしくて偉大だった。
だが、いま、私はすべてを知って空無になった。
ああ、ドルイド僧よ、この小さな灰いろの袋には
なんと大きな悲しみの布が隠されているのか！

[8]　The Rose of the World

Who dreamed that beauty passes like a dream?
For these red lips, with all their mournful pride,
Mournful that no new wonder may betide,
Troy passed away in one high funeral gleam,
And Usna's children died.

We and the labouring world are passing by:
Amid men's souls, that waver and give place
Like the pale waters in their wintry race,
Under the passing stars, foam of the sky,
Lives on this lonely face.

Bow down, archangels, in your dim abode:
Before you were, or any hearts to beat,
Weary and kind one lingered by His seat;
He made the world to be a grassy road
Before her wandering feet.

---

[8]　1892年1月21日 *The National Observer* 紙初出。*The Countess Kathleen and Various Legends and Lyrics* (London, 1892)に収録。 **5 Usna's children**　ウシュナの三人の息子たち。長男のニーシ(Naoise)はコノハー(Conchubar)王の婚約者デアドラ(Deirdre)と愛し合い、共にスコットランドに逃げた。弟たちも二人に付き添った。のちに王に欺かれて帰国、三人の兄弟は殺され、デアドラは自殺した。ウシュ

[8]　世界の薔薇

美が夢のように消えるなどと誰が思おう？
この悲しく、誇らしく、赤い唇のために、
新しい奇蹟が生れぬのを嘆く唇のために、
トロイアは大いなる葬礼の炎に包まれて滅びた。
またウシュナの子らが死んだ。

私たちも、苦役にあえぐ世界も過ぎ去る。
空の泡のような、あの光薄れゆく星々の下で、
冬枯れの中を流れる蒼《あお》ざめた水のように
人々の魂はゆらめき、たゆたい、消える。
そのなかでこの淋しい顔が生きつづける。

仄暗《ほのぐら》い住みかにある大天使らよ、身をかがめよ。
そなたらが現れるまえに、心が鼓動を打つまえに、
倦《う》み疲れたやさしい人が神の座のそばを歩んだ。
神は世界に草を敷きつめて道となし、
彼女のたゆたう足もとに広げた。

ナについては詳《つまびら》かにしない。

[9]　The Rose of Peace

If Michael, leader of God's host
When Heaven and Hell are met,
Looked down on you from Heaven's door-post
He would his deeds forget.

Brooding no more upon God's wars
In his divine homestead,
He would go weave out of the stars
A chaplet for your head.

And all folk seeing him bow down,
And white stars tell your praise,
Would come at last to God's great town,
Led on by gentle ways;

And God would bid His warfare cease,
Saying all things were well;

---

[9]　1892年2月13日 *The National Observer* 紙初出。*The Countess Kathleen and Various Legends and Lyrics* (London, 1892)に収録。 **1 Michael**　日本語訳聖書の表記では「ミカエル」。神の軍勢を率いて悪魔と戦う。大天使たちの長。 **14 all things were well**　ブラウニング(Robert Browning, 1812–1889)の皮肉な劇詩『ピッパが通る』(*Pippa Passes*, 1841)のなかで娘がうたう歌の一節 'God's in his

［9］ 平和の薔薇

天国と地獄が出くわしたとき
天軍を率いて戦うはずのミカエルが、
天の門の高みからあなたを見たら、
手柄のことなど忘れよう。

神さまのお屋敷で、神さまのおんために
戦略めぐらせるのを放り出し、
あたりの星で花《か》冠《かん》を編んで、
あなたの頭に捧げよう。

人はみな、ミカエルが頭を垂れ、
白い星たちが褒めそやすのを見て、
いくつもの静かな道を通り抜け、
ついには神さまの大都にたどり着こう。

すると神さまは戦《いくさ》をやめよと命じられ、
すべてはよくなると仰せられ、

---

heaven—/All's right with the world!'(「神、そらに知ろしめす。／すべて世は事も無し」上田敏訳)を思わせるところがある。

And softly make a rosy peace,
A peace of Heaven with Hell.

穏やかに薔薇いろの平和を結ばれよう。
天国はこうして地獄と和睦《わぼく》をむすぶことになる。

[10]　The Rose of Battle

Rose of all Roses, Rose of all the World!
The tall thought-woven sails, that flap unfurled
Above the tide of hours, trouble the air,
And God's bell buoyed to be the water's care;
While hushed from fear, or loud with hope, a band
With blown, spray-dabbled hair gather at hand.
Turn if you may from battles never done,
I call, as they go by me one by one,
Danger no refuge holds, and war no peace,
For him who hears love sing and never cease,
Beside her clean-swept hearth, her quiet shade:
But gather all for whom no love hath made
A woven silence, or but came to cast
A song into the air, and singing passed
To smile on the pale dawn; and gather you
Who have sought more than is in rain or dew
Or in the sun and moon, or on the earth,

---

[10]　*The Countess Kathleen and Various Legends and Lyrics* (London, 1892)初出。 **4　God's bell buoyed** 「波に浮ぶ神の鐘」だが、文脈から bell buoy(波に揺れて鳴り、浅瀬や暗礁のありかを示す「打鐘浮標」)を連想させる。

［10］ 戦いの薔薇

すべての薔薇のなかの薔薇、全世界を統《す》べる薔薇よ！
思考を織りなした大帆《たいはん》は解き広げられ、
時間の潮《うしお》の上にはためいて大気を掻き乱し、
神の鐘は波に揺られて浮き沈みする。
海の飛沫《ひまつ》に濡れた髪を風に吹きなびかせる者たちが、
恐怖におし黙り、望みをかけて声高《こわだか》に叫び、そばに集まる。
《なろうことなら終りのない戦いを避けよ》
私はそばを通る者一人ひとりに呼びかける。
《掃き清めた暖炉のそばに静かな影を投げて
恋人がたえず歌いつづける歌を聞く男には、
危険は避難所とはならぬ。戦争は平安をもたらさぬ。
だが、沈黙を織りあげてくれる恋人もなく、ただ、
そばに来て歌をまき散らし、歌いながら立ち去って、
青白い夜明けに微笑《ほほえ》む恋人しか持たぬ者らは、
みなここに集《つど》え。また、雨や、露に、
太陽や、月や、大地にあるよりもなお多くを望む者ら、
また、さまよう星々の歓楽のなかで吐息をつき、

Or sighs amid the wandering, starry mirth,
Or comes in laughter from the sea's sad lips,
And wage God's battles in the long grey ships.
The sad, the lonely, the insatiable,
To these Old Night shall all her mystery tell;
God's bell has claimed them by the little cry
Of their sad hearts, that may not live nor die.

Rose of all Roses, Rose of all the World!
You, too, have come where the dim tides are hurled
Upon the wharves of sorrow, and heard ring
The bell that calls us on; the sweet far thing.
Beauty grown sad with its eternity
Made you of us, and of the dim grey sea.
Our long ships loose thought-woven sails and wait,
For God has bid them share an equal fate;
And when at last, defeated in His wars,
They have gone down under the same white stars,
We shall no longer hear the little cry
Of our sad hearts, that may not live nor die.

海の悲しい唇から哄笑《こうしょう》して戻る者たち、これら、
多くを求めるやからは、ここに集え。集《つど》い来《きた》って
灰いろの大船《たいせん》に乗り込み、神の戦いを戦え。
悲しく、侘《わび》しく、飽き足りぬ者ら、
この者らにこそ〈老いた夜〉は秘義のすべてを明すであろう。
生きるも死ぬも叶《かな》わぬ悲しい心から、かすかな叫びが
洩れるのを聞き、神の鐘はこれをわがものとなすと告げた。》

すべての薔薇のなかの薔薇、全世界を統べる薔薇よ！
おまえもまた、暗い潮の打ち寄せる
悲しみの埠頭《ふとう》に来て、私らをうながす鐘が
鳴り響くのを聞いた。やさしい、遠いものが。
美はおのが永遠の命を悲しみ疎《うと》み、
私たちから、暗い灰いろの海から、おまえを創った。
私らの大船の群は、思考を織りなした帆を解き放って待つ。
神がこのすべてに、同じ一つの運命を担えと命じたから。
そうして、ついに神の戦いに敗れて、
これらの船がひとしく白い星たちの下に沈むときこそ、
私たちは、生きるも死ぬも叶わぬ悲しい心の
かそけき叫びをもはや聞くことはないであろう。

［11］ The Lake Isle of Innisfree

I will arise and go now, and go to Innisfree,
And a small cabin build there, of clay and wattles made:
Nine bean-rows will I have there, a hive for the honey-bee,
And live alone in the bee-loud glade.

And I shall have some peace there, for peace comes dropping slow,
Dropping from the veils of the morning to where the cricket sings;
There midnight's all a glimmer, and noon a purple glow,
And evening full of the linnet's wings.

I will arise and go now, for always night and day
I hear lake water lapping with low sounds by

---

［11］ 1890年12月13日 *The National Observer* 紙初出。 *The Countess Kathleen and Various Legends and Lyrics* (London, 1892) に収録。 **1 Innisfree** スライゴーのギル湖の小島。ゲール語で「ヒースの茂る島」の意。 **7 noon a purple glow** 晩年の詩人は、紫のヒースの花が湖水に映えて輝くのをこう歌ったのではないか、とみずから推定している。

[11]　湖の島イニスフリー

さあ、立って行こう、イニスフリーの島へ行こう、
あの島で、枝を編み、泥壁を塗り、小さな
小屋を建て、
九つの豆のうねを耕そう。それに蜜蜂の
巣箱を一つ。
そうして蜂の羽音響く森の空地に一人で暮そう。

あそこなら心もいくらかは安らぐか。安らぎは
ゆっくりと
朝の帷《とばり》からこおろぎが鳴くところに
滴《したた》り落ちる。
あそこでは真夜中は瞬《またた》く微光にあふれ、真昼は
紫に輝き、
夕暮れは紅ひわの羽音に満ち満ちる。

さあ、立って行こう、なぜならいつも、夜も昼も、
道に立っても、灰いろの舗道《ほどう》に佇《たたず》む

the shore;
While I stand on the roadway, or on the pavements grey,
I hear it in the deep heart's core.

11 on the pavements grey ロンドンで暮しているとき、フリート・ストリートの店で見た小さな噴水に刺激されてこの詩を作った(『自伝』による)。

ときも、
心の深い奥底に聞えて
くるのだ、
ひたひたと岸によせる湖のあの波音が。

［12］ The Sorrow of Love

The brawling of a sparrow in the eaves,
The brilliant moon and all the milky sky,
And all that famous harmony of leaves,
Had blotted out man's image and his cry.

A girl arose that had red mournful lips
And seemed the greatness of the world in tears,
Doomed like Odysseus and the labouring ships
And proud as Priam murdered with his peers;

Arose, and on the instant clamorous eaves,
A climbing moon upon an empty sky,
And all that lamentation of the leaves,
Could but compose man's image and his cry.

---

［12］ *The Countess Kathleen and Various Legends and Lyrics* (London, 1892)初出。ただし、1925年に大幅な改定をへている。 **8 Priam** トロイアの王。落城の際、ギリシアの軍勢に殺された。

［12］ 愛の悲しみ

軒の雀が騒がしく鳴き立てる声や、
皓々《こうこう》と輝く月と銀河の横たわる空のあたりや、
人も知るあの木々の葉の奏《かな》でる諧調《かいちょう》が
男の姿と叫びを掻き消した。

赤い悲しげな唇した娘が立ち現れるとき、
広大な世界が涙に暮れるかのよう、
オデュッセウスと波浪に揺れる船団のように呪われて、
臣下もろとも刃《やいば》に伏したプリアモスのごとく誇らかに。

娘が立ち現れるその瞬間、かまびすしい軒先も、
うつろな空に昇ってくる月も、
あの木々の葉の嘆きの声も、
男の姿と叫びとを形づくらずにはおかぬ。

［13］ When You are Old

When you are old and grey and full of sleep,
And nodding by the fire, take down this book,
And slowly read, and dream of the soft look
Your eyes had once, and of their shadows deep;

How many loved your moments of glad grace,
And loved your beauty with love false or true,
But one man loved the pilgrim soul in you,
And loved the sorrows of your changing face;

And bending down beside the glowing bars,
Murmur, a little sadly, how Love fled
And paced upon the mountains overhead
And hid his face amid a crowd of stars.

---

［13］ *The Countess Kathleen and Various Legends and Lyrics* (London, 1892)初出。フランス・ルネサンス期プレイヤッド派の詩人ロンサール(Pierre de Ronsard, 1524-1585)の「エレーヌへのソネットV」「あなたが年老いたとき、ある夕べ、灯火のもとで」(‘*Quand vous serez bien vieille, au soir, à la chandelle*’)の構想を借りた。

［13］ あなたが年老いるとき

あなたが老いて白髪になり眠りに満ち満ちて、
暖炉のそばにとろとろとまどろむとき、この詩集を取って、
ゆっくりと読んでくれ。そうしてかつてのあなたの
優しい眼《まな》ざしを、また、その目の深い翳《かげ》りを夢に見てくれ、

どれだけの男があなたの晴れやかで優雅な姿を愛したかを、
偽りの愛や真実の愛であなたの美しさを愛したかを、
だが一人の男が巡礼を続けるあなたの魂を愛したのを、
表情豊かなあなたの顔に宿る悲しみを愛したのを。

それから赤く燃える薪《まき》の傍らに身をかがめ、
すこしは悲しげに呟《つぶや》いてみてくれ、どんなふうに
〈愛〉が逃れて、彼方《かなた》の山々の頂《いただき》を歩み、
星々の群にまぎれて顔を隠したかを。

［14］ Who goes with Fergus?

Who will go drive with Fergus now,
And pierce the deep wood's woven shade,
And dance upon the level shore?
Young man, lift up your russet brow,
And lift your tender eyelids, maid,
And brood on hopes and fear no more.

And no more turn aside and brood
Upon love's bitter mystery;
For Fergus rules the brazen cars,
And rules the shadows of the wood,
And the white breast of the dim sea
And all dishevelled wandering stars.

---

［14］ *The Countess Kathleen and Various Legends and Lyrics* (London, 1892)初出。 **1 Fergus** ［7］を参照。ジョイスの小説『ユリシーズ』第一挿話で主人公スティーヴンがこの詩を思い浮べる。

［14］ 誰がファーガスと行くのか

いま、ファーガスとともに馬を駆り
深い森が織りなす影を突き抜けて、
平らな浜辺に踊るのは誰か？
若者よ、おまえの朽葉いろの眉《まゆ》をあげよ、
娘よ、やさしい目《ま》蓋《ぶた》をあげ、
希望をいだき、もはや恐れるな。

もはや顔をそむけて、愛の
苦《にが》い神秘に思い惑うな。
ファーガスが真鍮《しんちゅう》造りの戦車を率い、
森の影を支配し、暗い海の
白い波がしらと、乱舞する星たちの
すべてを支配するのだから。

［15］ The Hosting of the Sidhe

The host is riding from Knocknarea
And over the grave of Clooth-na-Bare;
Caoilte tossing his burning hair,
And Niamh calling *Away, come away:*
Empty your heart of its mortal dream.
The winds awaken, the leaves whirl round,
Our cheeks are pale, our hair is unbound,
Our breasts are heaving, our eyes are agleam,
Our arms are waving, our lips are apart;
And if any gaze on our rushing band,
We come between him and the deed of his hand,
We come between him and the hope of his heart.
The host is rushing 'twixt night and day,
And where is there hope or deed as fair?
Caoilte tossing his burning hair,
And Niamh calling *Away, come away.*

---

［15］ 1893年10月7日 *The National Observer* 紙に初出。詩集 *The Wind Among the Reeds* (London, 1899)に収録。 **表題 Sidhe** 発音は「シー」。ゲール語で、妖精、丘の人々、の意。渦巻く風に乗ってさまよう。 **1 Knocknarea** スライゴーの山。町の南西にある。標高328メートル。 **2 Clooth-na-Bare** 妖精の女王。山頂に巨大な石塚を作って自らを埋めた。 **3 Caoilte** 古代フィン族の英雄。アシ

［15］ 妖精たちの集結

妖精の群がノックナレイの山から押し出す。
クルース＝ナ＝ベアの墓の上を駆け過ぎる。
クウィールチャが燃える髪を振り乱し、
ニーアヴは呼ぶ。《来い、さあ、来い。
おまえの胸から死すべき人間の夢を捨て去れ。
風が目覚める。木の葉がくるくると舞う。
私らの頰《ほほ》は青ざめ、髪は解きほどかれ、
胸はあえぎ、目は輝き、
腕は揺れ、唇は開く。
この突き進む一団を目にする者があれば、
私らはその男と手の業《わざ》のあいだに割ってはいる。
男とその胸の望みのあいだに割りこむ。》
群は夜と昼のあいだを突き進む。
同じほどに美《うる》わしい望みはどこに、見事な手の業はどこに？
クウィールチャは燃える髪を振り乱し、
ニーアヴは呼ぶ。《来い、さあ、来い。》

ーンの友人。死後、森の王となり燃える頭髪によって闇を照らした、とイェイツの自注にある。**4 Niamh**　妖精で「青春の国」の王女。フィアンナ伝説群の英雄アシーンを誘惑して自分の国へ導き入れた。その経緯は物語詩 *The Wanderings of Oisin* で語られる。

［16］ The Host of the Air

O'Driscoll drove with a song
The wild duck and the drake
From the tall and the tufted reeds
Of the drear Hart Lake.

And he saw how the reeds grew dark
At the coming of night-tide,
And dreamed of the long dim hair
Of Bridget his bride.

He heard while he sang and dreamed
A piper piping away,
And never was piping so sad,
And never was piping so gay.

And he saw young men and young girls
Who danced on a level place,

---

［16］ 1893年11月 *The Bookman* 誌初出。 詩集 *The Wind Among the Reeds* (London, 1899)に収録。 4 **Hart Lake** スライゴー地方の湖。

[16]　空を行く妖精の群

オドリスコルは鼻歌まじり、
淋しい雄鹿《おじか》の湖の
芒《のぎ》つけた背の高い葦《あし》の茂みから
野鴨《のがも》や家鴨《あひる》を追い立てた。

夜が迫《せま》ってくるにつれ、
葦はしだいに黒くなる、
新妻《にいづま》ブリジェットの
仄暗《ほのぐら》い長い髪が恋しくなる。

妻を思って歌っていると、
笛吹きが笛を吹きながら遠ざかる。
こんなに悲しい笛の音《ね》を聞いたことがない。
こんなに陽気な笛の音を聞いたことがない。

若者たちや娘らがいて、
開けた空地で踊っていた。

And Bridget his bride among them,
With a sad and a gay face.

The dancers crowded about him
And many a sweet thing said,
And a young man brought him red wine
And a young girl white bread.

But Bridget drew him by the sleeve
Away from the merry bands,
To old men playing at cards
With a twinkling of ancient hands.

The bread and the wine had a doom,
For these were the host of the air;
He sat and played in a dream
Of her long dim hair.

He played with the merry old men
And thought not of evil chance,
Until one bore Bridget his bride

新妻ブリジェットもそこにいた。
悲しげで陽気な顔して踊っていた。

踊り手たちが彼を取り巻き、
あれこれと優しい言葉をかけてきた。
若者が赤葡萄酒をついでくれ、
娘が白パンを渡してくれた。

だがブリジェットは夫の袖《そで》引いて、
陽気な群から引き離し、
老人たちのそばに行く。カードに興ずる
老いの手のきらりとひらめく軽やかさ。

パンと葡萄酒は禍《わざわ》いのもと、
この人たちは空を行く妖精の群なのよ。
彼は仄暗い長い髪を思いながらも、
腰を据えてカードの勝負に加わった。

彼は陽気な老人たちと勝負した。
邪悪な呪いなど気にかけもしなかった。
一人が新妻ブリジェットを抱き上げて、

Away from the merry dance.

He bore her away in his arms,
The handsomest young man there,
And his neck and his breast and his arms
Were drowned in her long dim hair.

O'Driscoll scattered the cards
And out of his dream awoke:
Old men and young men and young girls
Were gone like a drifting smoke;

But he heard high up in the air
A piper piping away,
And never was piping so sad,
And never was piping so gay.

41　初出では最終連の前に、男が家に駆け戻ると、息絶えた妻のそばで老婆たちが嘆き悲しんでいるのを見出すというスタンザがあった。詩集 *The Wind Among the Reeds* に収録する際に削除。

陽気な踊りから離れるまでは。

一人が彼女を抱き上げて離れて行った、
みんなのうちでいちばん美しい若者が。
その首も、その胸も、その腕も、
彼女の長い仄暗い髪に覆われていた。

オドリスコルはカードを投げ散らし
われに返って夢から覚めた。
老人たちも、若者たちも、娘らも、
ただよう煙のように消えていた。

聞えてくるのは、ただ、空高く、
笛吹きが笛を吹きながら遠ざかる音、
こんなに悲しい笛の音を聞いたことがない。
こんなに陽気な笛の音を聞いたことがない。

[17] The Secret Rose

Far-off, most secret, and inviolate Rose,
Enfold me in my hour of hours; where those
Who sought thee in the Holy Sepulchre,
Or in the wine-vat, dwell beyond the stir
And tumult of defeated dreams; and deep
Among pale eyelids, heavy with the sleep
Men have named beauty. Thy great leaves enfold
The ancient beards, the helms of ruby and gold
Of the crowned Magi; and the king whose eyes
Saw the Pierced Hands and Rood of elder rise
In Druid vapour and make the torches dim;
Till vain frenzy awoke and he died; and him
Who met Fand walking among flaming dew
By a grey shore where the wind never blew,
And lost the world and Emer for a kiss;
And him who drove the gods out of their liss,
And till a hundred morns had flowered red

---

[17] 1896年9月 *The Savoy* 誌初出。 詩集 *The Wind Among the Reeds* (London, 1899)に収録。 **9 the king** コノハー王。キリスト受難の場面を幻覚に見て憤怒の発作に襲われた。 **12 him** アルスター伝説群の英雄クーフリン(Cuchulain)。 **13 Fand** 海神マナナン(Manannan)の妻。一時クーフリンの恋人であった。 **15 Emer** エヴァーとも呼ぶ。クーフリンの妻。 **16 him** クウィールチャ。

［17］ 秘された薔薇

はるかに遠く、もっとも密《ひそ》かな、無垢《むく》の薔薇よ、
いま、わが至上の時のなかに私を包め。
〈神聖な墓〉に、または葡萄酒の大樽《おおだる》のなかに
おまえを求めた者たちが、潰《つい》えた夢の
かまびすしい騒乱から遠く離れて住まうところ、
人が美と名づけた眠りゆえに気だるげな、青白い目蓋《まぶた》の
奥深くに、私を包め。おまえの大いなる花びらに
くるまれて、冠いただく東方の博士らの年ふりた鬚《ひげ》と
紅玉黄金の兜《かぶと》がある。また、〈釘に刺し貫かれた両手〉と
庭常《にわとこ》の〈十字架〉がドルイドの香煙のなかに立ち現れて、
炬火《たいまつ》の焔《ほのお》を翳《かげ》らせるのをおのが目で見た王がいる。
やがて空しい狂乱の発作に襲われて彼は死んだが。
それから、絶えて風のない灰いろの浜で、
燃え立つ露の中を歩むファーンに出会い、一つの
接吻と引き換えに現世とエマーを失った男がいる。
それから、神々をその砦《とりで》から追い払い、
百の朝が赤く花咲くまで宴《うたげ》を張り、

Feasted, and wept the barrows of his dead;
And the proud dreaming king who flung the crown
And sorrow away, and calling bard and clown
Dwelt among wine-stained wanderers in deep woods;
And him who sold tillage, and house, and goods,
And sought through lands and islands numberless years,
Until he found, with laughter and with tears,
A woman of so shining loveliness
That men threshed corn at midnight by a tress,
A little stolen tress. I, too, await
The hour of thy great wind of love and hate.
When shall the stars be blown about the sky,
Like the sparks blown out of a smithy, and die?
Surely thine hour has come, thy great wind blows,
Far-off, most secret, and inviolate Rose?

---

19 the proud dreaming king　ファーガス。 **22 him**　農民説話から(イェイツ自注)。

死者たちの塚に涙した男がいる。
それから、王冠と悲しみを投げ捨て、詩人と道化を呼び、
森の奥深くに分け入って、酒びたりの放浪者どもと
共に生きた、誇り高い、夢みる王がいる。
それから、畑も、家も、家財も、一切を売り払い、
長い年月をかけて、諸方の土地や、島々を
　　　　　　　　　　　　　　　　　　めぐり、
とうとう、泣き笑いしながら、輝かしく美しい女を
見つけた男がいる。女があまりに明るく輝くので、
人々は髪の毛のひと房を盗み、真夜中に、
そのそばで小麦を脱穀《だっこく》した。私もまた、
おまえの愛と憎しみの大風が吹き起るのを待っている。
星々が、鍛冶屋《かじや》の仕事場からほとばしる火花のように、
空のあたりを吹きまくられて死ぬのはいつのことか。
たしかに、おまえの時が来《きた》り、大風が吹いてはいないか、
はるかに遠く、もっとも密かな、無垢の薔薇よ。

［18］ He wishes for the Cloths of Heaven

Had I the heavens' embroidered cloths,
Enwrought with golden and silver light,
The blue and the dim and the dark cloths
Of night and light and the half-light,
I would spread the cloths under your feet:
But I, being poor, have only my dreams;
I have spread my dreams under your feet;
Tread softly because you tread on my dreams.

---

［18］ 詩集 *The Wind Among the Reeds*（London, 1899）初出。

［18］ 彼は天の布を求める

金銀の光で織りあげて
刺繍《ししゅう》を施した天上の布があれば、
夜と、光と、薄明りで作った
青と、薄墨いろと、黒いろの布があれば、
その布をあなたの足もとに広げたろうが。
だが貧しい私には夢しかない。
私はあなたの足もとに夢を広げた。
そっと歩いてくれ、私の夢の上を歩くのだから。

[19]　Adam's Curse

We sat together at one summer's end,
That beautiful mild woman, your close friend,
And you and I, and talked of poetry.
I said, 'A line will take us hours maybe;
Yet if it does not seem a moment's thought,
Our stitching and unstitching has been naught.
Better go down upon your marrow-bones
And scrub a kitchen pavement, or break stones
Like an old pauper, in all kinds of weather;
For to articulate sweet sounds together
Is to work harder than all these, and yet
Be thought an idler by the noisy set
Of bankers, schoolmasters, and clergymen
The martyrs call the world.'

And thereupon
That beautiful mild woman for whose sake

---

[19]　1902年12月 *The Monthly Review* 誌初出。詩集 *In the Seven Woods* (Dublin, 1903) に収録。題名は神がアダムとイヴをエデンの園から追放するときに、「お前は顔に汗を流してパンを得る」(旧約「創世記」3・19) と述べた言葉などを指して。 **2-3**　詩人、詩人が愛した女性モード・ゴン([20]の注を参照)、その妹(That beautiful mild woman)の三人。

［19］ アダムの呪い

ある夏の終りに、私たちはいっしょになった。
あなたの身近な人、美しくて穏やかな女性と、
あなたと、私とで、詩の話をした。
私が言った。「一行を書くのに何時間かけようと
一瞬に浮んだ想念に見えなければ、
何度縫い合せても解きほどいても無駄なこと。
膝をついて台所の床を磨いたり、
貧乏な老人のように、降っても照っても
石割り仕事をするほうがましだ。
なぜなら美しい音を集めて意味を作るのは
このどれよりも辛い仕事だけれど、
銀行家とか、学校教師とか、聖職者とか、
俗世間が受難者たちと呼ぶ口喧《くちやかま》しい連中には
怠け者めと思われることなのだから」

　　　　　　　　　　　　　　これに対して、
あの美しく穏やかな女性が、その

There's many a one shall find out all heartache
On finding that her voice is sweet and low
Replied: 'To be born woman is to know—
Although they do not talk of it at school—
That we must labour to be beautiful.'

I said: 'It's certain there is no fine thing
Since Adam's fall but needs much labouring.
There have been lovers who thought love should be
So much compounded of high courtesy
That they would sigh and quote with learned looks
Precedents out of beautiful old books;
Yet now it seems an idle trade enough.'

We sat grown quiet at the name of love;
We saw the last embers of daylight die,
And in the trembling blue-green of the sky
A moon, worn as if it had been a shell
Washed by time's waters as they rose and fell
About the stars and broke in days and years.

やさしい低い声音《こわね》を聞けば多くの者が
心の疼《うず》きを覚えるだろうが、こう答えた。
「女に生れるということは――学校では教えて
くれないけれど――美しくなるために
苦労しなければならないということなの」

私は言った、「アダムが楽園《らくえん》から追放されてこの方、
苦労せずにすぐれたものを手にすることはできない。
これまで、愛とは高雅な礼節から
切り離しがたいものだと考えて、
溜息《ためいき》をつき、物知る男の面《おも》ざしして、
古い美しい本から例を引く恋人たちもいたけれど、
いまはもう無益な業《わざ》となり果てたらしい」

愛という言葉に私たちは黙りこみ、
太陽の最後の燃えさしが消え失せて、
青緑いろの震える空に、面《おも》やつれした月が
昇るのを見た。星々のまわりにうねり高まり、
日々となり、歳月となって、砕ける時の波に
洗われた貝殻のような月が。

I had a thought for no one's but your ears:
That you were beautiful, and that I strove
To love you in the old high way of love;
That it had all seemed happy, and yet we'd grown
As weary-hearted as that hollow moon.

あなた一人だけに伝えたい思いが私にはあった。
あなたは美しく、私は古い高雅な愛し方で
あなたを愛しようと努めた、と。かつては
何もかもが幸せに思えたのに、私たちは
あの空ろな月のように倦《う》み疲れてしまった、と。

［20］ No Second Troy

Why should I blame her that she filled my days
With misery, or that she would of late
Have taught to ignorant men most violent ways,
Or hurled the little streets upon the great,
Had they but courage equal to desire?
What could have made her peaceful with a mind
That nobleness made simple as a fire,
With beauty like a tightened bow, a kind
That is not natural in an age like this,
Being high and solitary and most stern?
Why, what could she have done, being what she is?
Was there another Troy for her to burn?

---

［20］ *The Green Helmet and Other Poems* (Dublin, 1910)初出。 **1 her** モード・ゴン(Maud Gonne, 1866-1953)を指す。イェイツがギリシア神話のヘレネになぞらえたほどの美女だが、アイルランド独立を求めて政治運動に熱中し、度重なる彼の求愛に応じなかった。 **5** 小路に暮す庶民を扇動して大路に住む富者や支配層に反乱を起させるの意。1897 年にヴィクトリア女王即位 60 周年記念式典反対のデ

[20]　二つめのトロイアはない

私の日々を惨《みじ》めさで満たしたからとて、近ごろは
無知な者らに乱暴きわまる手だてを教え、
欲望に見合う勇気がこの者たちにありさえすれば
あちこちの小路《こうじ》を大路《おおじ》に投げつけたろうからとて、
なぜ彼女を咎《とが》めねばならない？
高貴だからこそ火のように純化した心と、
引き絞った弓のような美しさを、こんな時代には
めったに見られぬ類《たぐい》の美しさを与えられた女が、
気高くて、孤独で、容赦のないこの人が、
どうして平穏に生きられる？
まったく、ああいう人だもの、どうしようがある？
もう一つトロイアを炎上させようにもどこにある？

モが暴徒化したときに、彼女が組織者の一人だったことなどを意識してか。

［21］　The Coming of Wisdom with Time

Though leaves are many, the root is one;
Through all the lying days of my youth
I swayed my leaves and flowers in the sun;
Now I may wither into the truth.

［21］　1910年12月 *McClure's Magazine* 誌初出。*The Green Helmet and Other Poems* (Dublin, 1910) に収録。

［21］ 時を経て叡《えい》知《ち》が訪れる

木の葉は数多くても幹は一つ、
偽りの青春の日々がつづくあいだ
私は陽光を浴びて葉と花を揺すらせた。
いまは真理の中へ凋《しぼ》んでゆくか。

［22］［Pardon, Old Fathers］

Pardon, old fathers, if you still remain
Somewhere in ear-shot for the story's end,
Old Dublin merchant 'free of ten and four'
Or trading out of Galway into Spain;
Old country scholar, Robert Emmet's friend,
A hundred-year-old memory to the poor;
Merchant and scholar who have left me blood
That has not passed through any huckster's loin,
Soldiers that gave, whatever die was cast:
A Butler or an Armstrong that withstood
Beside the brackish waters of the Boyne
James and his Irish when the Dutchman crossed;
Old merchant skipper that leaped overboard
After a ragged hat in Biscay Bay;
You most of all, silent and fierce old man,
Because the daily spectacle that stirred
My fancy, and set my boyish lips to say,

---

［22］ 1914年 *Responsibilities: Poems and a Play* 初出。 3 ***Old Dublin merchant*** イングランドから移住した Jervis Yeats（1712年没）か。 ***ten and four*** 「酒とタバコに一割、その他に四分の関税」。『集注版』による。旧版『全詩集』では ten の前に the がある。 5 ***Old country scholar*** 曾祖父 John Yeats（1774-1846）。スライゴー州ドラムクリフ（Drumcliff）村の教区牧師。 ***Robert Emmet*** 僅かな手勢

[22]〔許せ、わが父祖よ〕

《許せ、わが父祖よ、まだ
その辺にいて、話の終りを聞く気なら、
「一割と四分《ぶ》の税を免ぜられ」、ゴールウェイから
スペインまで、商いに出て行ったダブリンの老商人、
ロバート・エメットの友人で田舎《いなか》住いの老書生、
百年間、貧者に語り伝えられた人、
小商人《こあきんど》風情の腰に流れたのではない
本物の血を遺《のこ》してくれた商人と学者、
賽《さい》の目がどう出ようともこれに応じた兵士たち、
オランダ生れの王のため、ボイン川の塩気まじりの水際で、
アイルランドの軍隊やジェイムズ王と戦った
アームストロングよ、バトラーよ、
ビスケー湾に吹っ飛んだ破れ帽子を追いかけて、
商船から海に飛び込んだ老船長、
なかでも、あなただ、無口で猛々《たけだけ》しい御老人、
その日その日の生き方が、わが少年時代の空想を
掻き乱し、「放縦《ほうじゅう》の徳だけが太陽を手に入れる」

でダブリン城を攻撃、捕えられ、処刑された(1778-1803)。 **10** ***A Butler or an Armstrong*** アングロ・アイリッシュの名家で軍人がいた。イェイツ家の縁戚。 **11** ***the Boyne*** アイリッシュ海にそそぐ川。名誉革命によってオランダから迎えられた新王ウィリアム三世(the Dutchman)が、カトリックの旧王ジェイムズ二世と河畔で戦い(1690年7月)、勝利を得た。 **13** ***Old merchant skipper*** 母方の

'Only the wasteful virtues earn the sun';
Pardon that for a barren passion's sake,
Although I have come close on forty-nine,
I have no child, I have nothing but a book,
Nothing but that to prove your blood and mine.

January 1914

曾祖父 William Middleton(1770-1832)。 **15** ***silent and fierce old man*** 母方の祖父 William Pollexfen(1811-1892)。かつて商船の船長。 **19** ***barren passion's sake*** モード・ゴンへの思いが捨てきれず、まだ独身のままだった。

と、この唇に言わせたから。
許せ、そろそろ四十九になるが、
空しい情熱にとらわれたゆえ、
子供もいない、ただ一冊の本だけを、あなた方の血と
この血の証《あかし》とするほかはないことを。》

1914年1月

[23]　The Grey Rock

Poets with whom I learned my trade,
Companions of the Cheshire Cheese,
Here's an old story I've remade,
Imagining 'twould better please
Your ears than stories now in fashion,
Though you may think I waste my breath
Pretending that there can be passion
That has more life in it than death,
And though at bottling of your wine
Old wholesome Goban had no say;
The moral's yours because it's mine.

When cups went round at close of day—
Is not that how good stories run?—
The gods were sitting at the board
In their great house at Slievenamon.
They sang a drowsy song, or snored,

---

[23]　1913年4月 *The British Review* 誌初出。 *Responsibilities: Poems and a Play* (London, 1914)に収録。 1　***Poets***　世紀末1890年代の若い詩人たち。当時ロンドンにいたイェイツは、同世代の詩人たちと共に「韻文作者の会」(Rhymers' Club)を作り、古い由緒のあるパブ the Cheshire Cheese に集まって、互いの詩を論評し合った。多くは夭折したが、そのなかにジョンソン(Lionel Johnson, 1867-1902)やダウソ

［23］ 灰いろの岩山

《共にこの商売を学んだ詩人たちよ、
チェシャ・チーズに集まった仲間らよ、
私が書きなおした昔話を聞いてくれ。
近ごろ流行《はや》りの物語などよりも
きみらの耳を楽しませてやれると思うから。
死よりも生を重んずる情熱もある、
などと言っても、空しいお喋《しゃべ》りに終るだけ、
ときみらは思うかもしれないが、
それにきみらの酒を壜《びん》に詰めるとき、
あの健《すこ》やかなゴーバンが口を出したわけでもなかろうが。
教訓はきみらのものだ、なぜならそれは私のものだから。》

日暮れどき、酒が一同に行きわたり——
これがよい話の切り出し方ではなかろうか？——
スリーヴナモンの広い館《やかた》の
食卓に神々はついていた。
みんなたらふく飲み食いしたあとのこと、

ン(Ernest Dowson, 1867–1900)がいた。 **10** ***Goban*** 鍛冶と酒造を司るケルトの神。彼の酒を飲む者は不死の生命を授かった。 **15** **Slievenamon** アイルランド中南部ティッペレアリ州の山。古代人の王の館《やかた》があったという。

For all were full of wine and meat.
The smoky torches made a glare
On metal Goban'd hammered at,
On old deep silver rolling there
Or on some still unemptied cup
That he, when frenzy stirred his thews,
Had hammered out on mountain top
To hold the sacred stuff he brews
That only gods may buy of him.

Now from that juice that made them wise
All those had lifted up the dim
Imaginations of their eyes,
For one that was like woman made
Before their sleepy eyelids ran
And trembling with her passion said,
'Come out and dig for a dead man,
Who's burrowing somewhere in the ground,
And mock him to his face and then
Hollo him on with horse and hound,
For he is the worst of all dead men.'

29　one that was like woman made　後出の Aoife を指す。

まどろみながら歌う神も、いびきをかく神もいた。
燻《くすぶ》る炬火《たいまつ》の火が燃えて、ゴーバンの鍛えた
金具類をぎらりと光らせ、そこいらに転がる
底の深い古びた銀器や、まだ酒の残っている
大杯に照り映えた。この器、
彼みずからが醸《かも》した聖なる酒を、
神々だけが購《あがな》うこの酒を入れるため、
山の頂《いただき》で一心不乱に腕をふるい、
鍛えに鍛えて造りあげたもの。

さて、神々に知慧《ちえ》を授ける
この酒から一同は顔をあげ、
朦朧《もうろう》としてかすむ目を向けた。
なぜなら女のような姿のものが、
眠りかけた一同の前をよぎり、
怒りにわななきながら、こんなことを言ったから。
「外へ出て、土を掘って、死人を探しておくれ、
そいつは大地のどこかにもぐりこんでいるのだから。
そうして、面と向って罵《ののし》っておくれ、
馬と猟犬をけしかけて追い立てておくれ。
そいつはあらゆる死人のなかでも最悪の男だから。」

We should be dazed and terror-struck,
If we but saw in dreams that room,
Those wine-drenched eyes, and curse our luck
That emptied all our days to come.
I knew a woman none could please,
Because she dreamed when but a child
Of men and women made like these;
And after, when her blood ran wild,
Had ravelled her own story out,
And said, 'In two or in three years
I needs must marry some poor lout,'
And having said it, burst in tears.

Since, tavern comrades, you have died,
Maybe your images have stood,
Mere bone and muscle thrown aside,
Before that roomful or as good.
You had to face your ends when young—
'Twas wine or women, or some curse—
But never made a poorer song

54　*wine or women, or some curse*　ダウソンの詩「詩人の道を説く二韻体詩」('Villanelle of the Poet's Road')に「酒と女と歌は／おれたちのもの、／苦くて陽気なおれたちのもの」('Unto us they belong, /Us the bitter and gay, /Wine and woman and song')という一節がある。歓楽の生活を意味する句だが、「呪い」としたのは同時代のフランスの詩人たちに倣《なら》って、詩人は呪われた存在である、と考えたか

《あの部屋を、あの酒びたりの目を
夢にでも見ようものなら、茫然《ぼうぜん》として
怯《おび》えおののき、この先の生涯の一切を
空無にしたおのが運勢を呪うだろう。
ほんの子供のころ、こういう
男女を夢に見たせいで、
鬱々《うつうつ》として楽しまぬ女がいた。
後年、体の血が騒いだとき、女は
身の上話を聞かせてからこう言った。
「あと二、三年もすれば、いやも応もなく、
貧しい粗野な男と結婚することになる」
そう言い終えて、わっと泣き伏した。》

《酒場の仲間よ、きみらが死んでから、
現世の肉体を脱ぎ捨てた亡霊は
おそらくあの部屋に居並ぶものたちの、
あるいは似たようなものたちの前に立ったろう。
きみらは若くして死に直面しなければならなかったが——
酒のせいか、女のせいか、それとも何かの呪いか——
財布の中味を重くするために

ら。

That you might have a heavier purse,
Nor gave loud service to a cause
That you might have a troop of friends.
You kept the Muses' sterner laws,
And unrepenting faced your ends,
And therefore earned the right—and yet
Dowson and Johnson most I praise—
To troop with those the world's forgot,
And copy their proud steady gaze.

'The Danish troop was driven out
Between the dawn and dusk,' she said;
'Although the event was long in doubt,
Although the King of Ireland's dead
And half the kings, before sundown
All was accomplished.

　　　　　　　　'When this day
Murrough, the King of Ireland's son,
Foot after foot was giving way,
He and his best troops back to back

---

65 The Danish troop　デイン人たち(the Danes)の軍隊。9世紀から11世紀にかけて侵入した北欧人たち。1014年4月、ダブリン近くのクロンターフで、Brian王の率いるアイルランド軍がデイン人の連合軍と戦い、激戦の末に彼らを敗走させたが、王自身と二人の王子も戦死した。

粗雑な詩を書いたことは一度もない。
多くの味方を集めようとして、大義に
尽せと声高《こわだか》に叫ぶこともしなかった。きみらは
さらに厳格な〈詩の女神〉の掟《おきて》を守り、
悔いることなくおのれの死に直面し、
それゆえに、権利をかち得た――なかでも
ダウソンとジョンソンを私はもっとも称える――
世に忘れられた者たちと共にあり、その
誇らしくたじろがぬ眼《まな》ざしに倣《なら》う権利をかち得たのだ。》

「夜明けから戦って夕暮れまでに
デイン人の軍勢は敗走した」と彼女は言った。
「戦いはどちらが勝つとも知れず、
アイルランド王は戦死、諸侯のなかばも
討死《うちじに》したが、日没までには
決着がついた。」

　　　　　　「この日、
アイルランド王の息子マローは
一歩また一歩、じりじりと後退し、
彼と精鋭の一隊は背中合せになって戦ったが、

Had perished there, but the Danes ran,
Stricken with panic from the attack,
The shouting of an unseen man;
And being thankful Murrough found,
Led by a footsole dipped in blood
That had made prints upon the ground,
Where by old thorn-trees that man stood;
And though when he gazed here and there,
He had but gazed on thorn-trees, spoke,
"Who is the friend that seems but air
And yet could give so fine a stroke?"
Thereon a young man met his eye,
Who said, "Because she held me in
Her love, and would not have me die,
Rock-nurtured Aoife took a pin,
And pushing it into my shirt,
Promised that for a pin's sake
No man should see to do me hurt;
But there it's gone; I will not take
The fortune that had been my shame
Seeing, King's son, what wounds you have."

---

88 Aoife スコットランドの岩山に住む不死の女戦士。妖精の女王でもある。

もうこれまでかというときに、デイン人らは
慌てふためき逃走した。目に見えぬ一人の男に
攻め立てられ、その雄叫《おたけ》びを耳にしたからだ。
王子マローは感謝して、大地に
刻印されている血染めの足跡を
一つまた一つとたどりながら、
男が立つ古い山査子《さんざし》の茂みまで来た。
王子は目を凝らしてあたりを見たが
見えるのは山査子の茂みだけ、呼びかけて言う、
『味方をしてくれたのは誰か、空気としか思えぬが
まことに見事な戦いぶりだ』
これに応じて一人の若者が姿を現すと、
答えて言う、『岩山育ちのイーファが
私を愛のしがらみにからめ、
死なせまいとして、針を抜き、
私のシャツに刺してこう言った、
この針があればおまえの姿は誰にも見えぬ、
誰も危害を加えることはできぬ、と。
だが私はいま針を捨てた。こういう果報は受けたくない。
これはわが恥だ。王の息子よ、あなたが
どんな手傷を負うたかを見たのだから』

'Twas roundly spoke, but when night came
He had betrayed me to his grave,
For he and the King's son were dead.
I'd promised him two hundred years,
And when for all I'd done or said—
And these immortal eyes shed tears—
He claimed his country's need was most,
I'd saved his life, yet for the sake
Of a new friend he has turned a ghost.
What does he care if my heart break?
I call for spade and horse and hound
That we may harry him.' Thereon
She cast herself upon the ground
And rent her clothes and made her moan:
'Why are they faithless when their might
Is from the holy shades that rove
The grey rock and the windy light?
Why should the faithfullest heart most love
The bitter sweetness of false faces?
Why must the lasting love what passes,
Why are the gods by men betrayed?'

彼はきっぱりとこう述べて、夜が来たときは、
もう私に背いて墓にはいっていた。
彼も、王の息子も、死んだ。
私は二百年の命を約束したのに、
何やかやと尽してやったのに――
そう言って不死の女は涙を流した――
国の危難が何より先だ、と若者は言った。
命を救ってやったのに、あの男は
新しい友のために戦って亡霊となった。
私が恋に破れて嘆いたとて何を気にするものか。
鋤《すき》と馬と猟犬を貸しておくれ、
あいつを追い立てるから」
そう言うと、女は大地に身を投げ、
衣《ころも》を引き裂いてうめいた。
「灰いろの岩山と風吹きすさぶ光のなかを
さまよい歩く貴い精霊から力を授かりながら、
なぜあの者たちは裏切るのか。
もっとも誠実な心の持主が、なぜ、不実で
むごい美《び》貌《ぼう》の持主をこよなく愛するのか。なぜ
不死のものが移ろうものを愛するのか。
何ゆえに神々が人間に裏切られるのか」

But thereon every god stood up
With a slow smile and without sound,
And stretching forth his arm and cup
To where she moaned upon the ground,
Suddenly drenched her to the skin;
And she with Goban's wine adrip,
No more remembering what had been,
Stared at the gods with laughing lip.

I have kept my faith, though faith was tried,
To that rock-born, rock-wandering foot,
And the world's altered since you died,
And I am in no good repute
With the loud host before the sea,
That think sword-strokes were better meant
Than lover's music—let that be,
So that the wandering foot's content.

だが、そのとき、神々がみな
にったりと笑みを浮べて、おもむろに立ち上り、
大地に突っ伏してうめき嘆く女に
杯を持つ腕ををさしのべて、
いきなり女を酒びたしにした。
すると女はゴーバンの酒に濡れそぼち、
これまでに話したことを何もかも忘れ果て、
笑い顔して神々を見た。

《私は、試練を受けたが、岩間に生れて、
岩場をさまようあの存在に信義を誓った。
きみらが死んでから世は変り、
海のまえで声高に叫ぶ者たちのあいだでは、
剣の響きが恋人の楽《がく》の音《ね》よりも
役に立つ、と考える者らのあいだでは、
私の評判は芳《かんば》しくない――だが、さまようものが
満足するならそれも構わぬ。》

[24]　A Coat

I made my song a coat
Covered with embroideries
Out of old mythologies
From heel to throat;
But the fools caught it,
Wore it in the world's eyes
As though they'd wrought it.
Song, let them take it,
For there's more enterprise
In walking naked.

---

[24]　1914年5月 *Poetry* 誌(Chicago)初出。*Responsibilities: Poems and a Play* (London, 1914)に収録。

[24] 上　衣

私は歌のために上衣《うわぎ》を作った。
この上衣、踵《かかと》から喉元まで、
古い神話のあれこれから選んだ
刺繍《ししゅう》模様に覆われている。
だが、馬鹿どもがそれを盗み、
自分で織りあげた振りをして
世の人々の前で着てみせた。
歌よ、そんなものはやつらにくれろ。
裸で歩くほうが
もっと勇気のいる仕事だぞ。

［25］ The Wild Swans at Coole

The trees are in their autumn beauty,
The woodland paths are dry,
Under the October twilight the water
Mirrors a still sky;
Upon the brimming water among the stones
Are nine-and-fifty swans.

The nineteenth autumn has come upon me
Since I first made my count;
I saw, before I had well finished,
All suddenly mount
And scatter wheeling in great broken rings
Upon their clamorous wings.

I have looked upon those brilliant creatures,
And now my heart is sore.
All's changed since I, hearing at twilight,

---

［25］ 1917年6月 *The Little Review* 誌初出。詩集 *The Wild Swans at Coole* (Dublin, 1917) に収録。Coole は Gregory 家が所有していた広大な所有地の名称。アイルランド西部の Galway 州にある。当時はレイディ・グレゴリー(Lady Augusta Gregory, 1852-1932)がここの女主人。劇作家。アイルランド演劇運動の指導者の一人で、イェイツの保護者でもあった。

[25]　クールの野生の白鳥

木々は秋の美のさなかにあり、
森の小道は乾いている。
十月の夕明りの下で、湖水は
静かな空を映している。
岩々のあいだに漲《みなぎ》る水面に、
五十九羽の白鳥が浮んでいる。

初めて数を数えてから
十九年目の秋が来た。
まだ数えきらぬうちに、
とつぜん、いっせいに舞い上り、
騒がしい羽音を立て、大きな切れ切れの
輪を作って飛び去るのを見た。

それからも私はこの輝く鳥たちを見てきた。
そうして、いま、この心は痛む。
あれから何もかもが変った。あのときは、

The first time on this shore,
The bell-beat of their wings above my head,
Trod with a lighter tread.

Unwearied still, lover by lover,
They paddle in the cold
Companionable streams or climb the air;
Their hearts have not grown old;
Passion or conquest, wander where they will,
Attend upon them still.

But now they drift on the still water,
Mysterious, beautiful;
Among what rushes will they build,
By what lake's edge or pool
Delight men's eyes when I awake some day
To find they have flown away?

夕暮れに、この湖畔で、初めて
頭上に鳴り響く羽音を聞き、
いまよりも軽い足取りで歩《あゆ》んだのだが。

いまも倦《う》むことなく、愛し合う同士が連れ添い、
鳥たちは冷たい心地よい流れの
水を掻き、あるいは空に舞い昇る。
このものらの心は老いを知らぬ。
いずこをさすらおうと、情熱と征服欲は
つねにこのものたちと共にある。

だが、いま、鳥たちは静かな水の上を漂う、
神秘に満ちて、美しく。
どこの葦間《あしま》に巣を作るのか、
どの湖のほとりで、どの池で、
人の目を楽しませるのか、ある日、私が目覚め、
鳥たちが飛び去ったのを知るときに？

［26］ An Irish Airman foresees his Death

I know that I shall meet my fate
Somewhere among the clouds above;
Those that I fight I do not hate,
Those that I guard I do not love;
My country is Kiltartan Cross,
My countrymen Kiltartan's poor,
No likely end could bring them loss
Or leave them happier than before.
Nor law, nor duty bade me fight,
Nor public men, nor cheering crowds,
A lonely impulse of delight
Drove to this tumult in the clouds;
I balanced all, brought all to mind,
The years to come seemed waste of breath,
A waste of breath the years behind
In balance with this life, this death.

---

［26］ 詩集 *The Wild Swan at Coole* (London, 1919)初出。レイディ・グレゴリーの一人息子ロバート・グレゴリー少佐(Major Robert Gregory, 1881-1918)は、第一次大戦に参加、戦闘機乗りとして戦い戦死した。 **5 Kiltartan** ゴールウェイ州の村。グレゴリー家の所有地の一部。 **Cross** 村または教会教区を意味する(アイルランド史)。広場や境界に十字架を立てたことから。

[26] アイルランドの飛行士は死を予知する

どこかの空の雲のなかで
自分の運命に出会うのは分っている。
私は戦う相手を憎んではいない。
守る者たちを愛してはいない。
私の国はキルタータン・クロス、
同胞はキルタータンの貧民だ。
私はいずれ死ぬがこの者たちは困りはしない。
とりわけ幸せになるのでもない。
法律も、義務も、政治家も、歓呼する群衆も、
私に戦えと命じはしなかった。
孤独な歓喜の衝動が
この雲の騒乱に私を駆り立てた。
すべてを比較し、すべてを考察したが、
いまのこの生、この死に比べれば、
来《きた》るべき年月は空しい生だ。
過ぎ去った歳月も空しい生だ。

［27］ The Scholars

Bald heads forgetful of their sins,
Old, learned, respectable bald heads
Edit and annotate the lines
That young men, tossing on their beds,
Rhymed out in love's despair
To flatter beauty's ignorant ear.

All shuffle there; all cough in ink;
All wear the carpet with their shoes;
All think what other people think;
All know the man their neighbour knows.
Lord, what would they say
Did their Catullus walk that way?

---

［27］ 1915年の詞華集 *Catholic Anthology 1914-1915* 初出。詩集 *The Wild Swans at Coole*（Dublin, 1917）に収録。 **12 Catullus** ローマの抒情詩人（前84頃-前54頃）。年上の恋人Lesbiaを歌った恋愛詩によって特に知られる。世紀末の詩人ダウソンが酒と女に身を持ち崩しながら、安食堂の主人の娘に叶わぬ愛を捧げて詩を書きつづったのと重なるのかもしれない（［23］の注を参照）。

［27］ 学者たち

おのれの罪を忘れ果てた禿頭《はげあたま》、
老いて、学を積み、勿体《もったい》をつけた禿頭、
その者らが詩集を編纂《へんさん》し、注釈をつける。
若者らが叶《かな》わぬ恋に苦しみ、
ベッドで悶《もだ》えのたうちながら、
無知な美女を喜ばせるために書いた詩にだ。

みんながすり足で歩き、インクに噎《む》せて咳きこむ。
みんなが靴を引きずって絨毯《じゅうたん》をすり減らす。
みんなが他人の考えるように考える。
みんなが知合いの知っている男を知っている。
いやまったく、お好きなカトゥッルスが
そんなふうに歩いたら、みなさんなんて言う？

[28]　The Fisherman

Although I can see him still,
The freckled man who goes
To a grey place on a hill
In grey Connemara clothes
At dawn to cast his flies,
It's long since I began
To call up to the eyes
This wise and simple man.
All day I'd looked in the face
What I had hoped 'twould be
To write for my own race
And the reality;
The living men that I hate,
The dead man that I loved,
The craven man in his seat,
The insolent unreproved,
And no knave brought to book

---

[28]　1916年2月 *Poetry* 誌(Chicago)初出。詩集 *The Wild Swans at Coole* (Dublin, 1917)に収録。 **4　Connemara**　ゴールウェイ州の西端地方、大西洋に接する。土地の名前を付した織物コネマラ・ツイードが有名。 **9-24**　1907年1月、シング(John Millington Synge, 1871-1909)の喜劇『西の国の伊達男』(*The Playboy of the Western World*)のダブリン初演の際に、庶民の生態を素材にした内容に憤激

[28] 釣　師

私は今も見ることができる、
顔にそばかすを散らした男が
灰いろのコネマラ織りの服を着て、
夜明け方、丘の上の灰いろの釣場《つりば》へ出向き、
毛鉤《けばり》を投げる姿を今も見るのだが、
この賢い質朴な男を
思い浮べるようになってから
ずいぶん久しい。
かつて私は一日中まともに向き合った、
わが種族のために書くとは
こうもあろうかと思い描いていたものと
現実との落差に。
私が憎む生きている者ら、
私が愛した死んだ男、
打ちひしがれて座席に沈む男、
傲慢《ごうまん》な者らが咎《とが》められることもなく、
卑劣なやつが報いを受けもせずに、

した聴衆が騒ぎ立て上演を妨害した。シングは２年後に肺結核で死んだ。演劇を通して自分たちのヴィジョンを民衆に伝えようとしたイェイツは、この事態に怒り失望した。 **14 The dead man**　おそらくシング。他の人物は特定しがたい。

Who has won a drunken cheer,
The witty man and his joke
Aimed at the commonest ear,
The clever man who cries
The catch-cries of the clown,
The beating down of the wise
And great Art beaten down.

Maybe a twelvemonth since
Suddenly I began,
In scorn of this audience,
Imagining a man,
And his sun-freckled face,
And grey Connemara cloth,
Climbing up to a place
Where stone is dark under froth,
And the down-turn of his wrist
When the flies drop in the stream;
A man who does not exist,
A man who is but a dream;
And cried, 'Before I am old

酔《よ》い痴《し》れた者らの歓声を浴びる。
気の利く男の冗談は
卑俗なやからの耳に向けられ、
賢《さか》しらな男は道化師の
決り文句を叫び立てる。
賢者が打ち倒され、
偉大な〈芸術〉が打ち倒される。

それからたぶん十二ヵ月もたったころ、
とつぜん、私は
この聴衆を軽蔑して、
一人の男を思い浮べた。
そばかすだらけの日に灼《や》けた顔をして、
灰いろのコネマラ織りの服を着た男が、
流れの泡に濡れて石が黒ずむ
あたりまで登って行くのを、
男の手首が返り、
毛鉤が流れに放りこまれるのを。
存在しない男を、
一つの夢でしかない男を。
そうして私は叫んだ、「老いぼれるまえに、

I shall have written him one
Poem maybe as cold
And passionate as the dawn.'

この男のために一篇の詩を書こう、
おそらくは夜明けのように冷たくて
情熱にあふれる詩を書こう」と。

[29]　Ego Dominus Tuus

Hic.　On the grey sand beside the shallow stream
Under your old wind-beaten tower, where still
A lamp burns on beside the open book
That Michael Robartes left, you walk in the moon,
And, though you have passed the best of life,
still trace,
Enthralled by the unconquerable delusion,
Magical shapes.
Ille.　By the help of an image
I call to my own opposite, summon all
That I have handled least, least looked upon.
Hic.　And I would find myself and not an image.
Ille.　That is our modern hope, and by its light
We have lit upon the gentle, sensitive mind
And lost the old nonchalance of the hand;
Whether we have chosen chisel, pen or brush,
We are but critics, or but half create,

---

[29]　1917年10月 *Poetry* 誌(Chicago)初出。詩集 *The Wild Swans at Coole* (Dublin, 1917)に収録。題名のラテン語はダンテ(1265-1321)の『新生』から。若いダンテの夢に現れた寓意的な人物「愛」がこう言う。 **1** ***Hic***《ラテン語》= This. **4** **Michael Robartes**　架空の人物。イェイツの散文や詩に登場する。神秘哲学者、メソポタミア地方での研究から帰国したばかりの旅行者。 **7** ***Ille***《ラテン語》= That.

［29］ 私はそなたの主《しゅ》だ

これ　風に吹《ふ》き曝《さら》されて立つこの古い塔の下を
浅い川が流れていて、川辺の灰いろの砂の上を
きみは月の光を浴びながら歩いている。
塔のなかにはマイケル・ロバーツが置いていった本が
開いたままになっていて、傍らに灯火が
燃えているのに、
人生の盛りを過ぎても、抑えがたい錯乱にとらわれ、
魔術的な形態をなぞっている。
かれ　私は形象の力を借りて
自分の対立者に呼びかけ、これまでに私が手で扱い
目で見ることの稀《まれ》であったすべてを呼び出すのだ。
これ　私なら形象ではなくて自分自身を見出したいがな。
かれ　それが私ら近代人の希望なのさ。だが、
その希望の光が私らの穏やかで鋭敏な心に火をつけ、
古来受け継いできた平静沈着な手の動きを奪ってしまった。
鑿《のみ》を取っても、ペンや絵筆を選んでも、私らは
批評家にすぎない。でなければ半分創るだけにすぎない。

8　**my own opposite**　自分の本性と対立する仮定の存在。「人はおのれと対立する者を、またおのれの環境に対立する状況を求める」(『ヴィジョン』)というのがイェイツの主張。74 行目の anti-self の注を参照。

Timid, entangled, empty and abashed,
Lacking the countenance of our friends.
Hic. And yet
The chief imagination of Christendom,
Dante Alighieri, so utterly found himself
That he has made that hollow face of his
More plain to the mind's eye than any face
But that of Christ.
Ille. And did he find himself
Or was the hunger that had made it hollow
A hunger for the apple on the bough
Most out of reach? and is that spectral image
The man that Lapo and that Guido knew?
I think he fashioned from his opposite
An image that might have been a stony face
Staring upon a Bedouin's horse-hair roof
From doored and windowed cliff, or half upturned
Among the coarse grass and the camel-dung.
He set his chisel to the hardest stone.
Being mocked by Guido for his lecherous life,
Derided and deriding, driven out

---

26 Lapo＝Lapo Gianni(1270頃-1330頃). **Guido**＝Guido Cavalcanti(1250頃-1300). 二人ともフィレンツェの詩人でダンテの友人。同じく清新体派に属する。 **29 Bedouin** 北アフリカ砂漠地帯の遊牧民。

臆病で、縺《もつ》れ絡《から》まっていて、空《から》っぽで、恥ずかしがりで、
友人たちの沈着さに欠けている。
これ　それでも
キリスト教国一の想像力の持主
ダンテ・アリギエーリは余すことなく
おのれの本性を見出して、あの痩《や》せこけた顔を
誰の顔よりも明確に精神の目に示した。
キリストの顔を別にすればだが。
かれ　それで彼は自分を
見出したのかな。それとも飢えが、どうにも手の届かぬ
高い枝のリンゴを求める飢えが、あの虚《うつ》ろな
顔を作ったのか。それに、亡霊のようなあの肖像は
果してラーポやグイードが知っていた男なのか。
思うに、彼はおのれと対立する者から一つの像を
作ったのだ。それが入口や窓のある崖から、
馬巣《ばす》織り布で葺《ふ》いたベドウィンの屋根を
見つめる石の顔であったか、それとも、雑草と
駱駝《らくだ》の糞のなかから半ば掘り起された石の顔であったか。
彼はいちばん硬い石を鑿で刻んだのだ。
おのれの放縦《ほうじゅう》な生活をグイードに笑われ、
嘲《あざけ》られ、また嘲り、放逐《ほうちく》されて、

To climb that stair and eat that bitter bread,
He found the unpersuadable justice, he found
The most exalted lady loved by a man.
Hic. Yet surely there are men who have made their art
Out of no tragic war, lovers of life,
Impulsive men that look for happiness
And sing when they have found it.
Ille. No, not sing,
For those that love the world serve it in action,
Grow rich, popular and full of influence,
And should they paint or write, still it is action:
The struggle of the fly in marmalade.
The rhetorician would deceive his neighbours,
The sentimentalist himself; while art
Is but a vision of reality.
What portion in the world can the artist have
Who has awakened from the common dream
But dissipation and despair?
Hic. And yet
No one denies to Keats love of the world;

35　To climb that stair and eat that bitter bread　「他人《ひと》の麵麭《パン》のいかばかり苦《にが》く他人《ひと》の階子《はしご》の昇降《のぼりおり》のいかばかりつらきやを」(ダンテ『神曲・天堂』第17曲・山川丙三郎訳)への言及。政争に敗れてフィレンツェから追放された身のつらさを嘆く。**52　Keats**　ロマン派の詩人 John Keats(1795-1821)。父は貸し馬車屋の主人で、キーツが8歳の時に死に、母は14歳の時に死んだ。

あの階段を昇り、あの苦《にが》いパンを食い、
揺るぎない正義を見出した。つまり、男が
愛するうちでもっとも高貴な女性を見出した。
これ　だが確かに、悲劇的な戦いを知らなくとも
自分の
芸術を創りあげた者たちが、人生を愛した者たちがいる。
幸福を探し求め、探し当てたときに歌う
直情の人たちがいるぞ。
かれ　いや、歌うのではない。
なぜなら現世を愛する者たちは行動で世に尽し、
金持になり、人気を得、影響を振るうから。
彼らが絵を描きペンを取るにしろ、それはやはり行動だ。
マーマレードにからめ取られた蠅《はえ》のあがきだ。
修辞家は隣人をあざむき、感傷家は
おのれをあざむく。だが、芸術とは
現実のヴィジョンにすぎないのだ。
人類の共有する夢から醒《さ》めた芸術家が
今さらどんな世間の分け前にあずかろうというのか。
放蕩《ほうとう》と絶望のほかに何がある？
これ　それでも
キーツが現世を愛したことは誰にも否定できまい。

Remember his deliberate happiness.
Ille. His art is happy, but who knows his mind?
I see a schoolboy when I think of him,
With face and nose pressed to a sweet-shop window,
For certainly he sank into his grave
His senses and his heart unsatisfied,
And made—being poor, ailing and ignorant,
Shut out from all the luxury of the world,
The coarse-bred son of a livery-stable keeper—
Luxuriant song.
Hic. Why should you leave the lamp
Burning alone beside an open book,
And trace these characters upon the sands?
A style is found by sedentary toil
And by the imitation of great masters.
Ille. Because I seek an image, not a book.
Those men that in their writings are most wise
Own nothing but their blind, stupefied hearts.
I call to the mysterious one who yet
Shall walk the wet sands by the edge of

念入りに仕上げたあの幸福な情景を思い出せ。
かれ　彼の芸術は幸福だ。しかしその心を誰が知っている？
彼を思うとき、私が見るのは菓子屋の窓に
顔と鼻をぴったり押しつけてのぞきこむ
小学生だ。
彼が感覚も心も満たされぬまま
墓にはいったのは確かだからな。
そうして――貧しくて、病んでいて、無学で、
現世のあらゆる逸楽から閉め出されて、
貸馬車屋の亭主の息子で、粗野に育ったから――
豊饒《ほうじょう》な歌を作ったのだ。
これ　おまえはなぜ
開いた本の傍らで空しく燃える灯火を放《ほう》ったまま、
砂に書かれたこの文字をなぞりつづけるのか。
文体とは坐して仕事をすることによって見出すものだ。
偉大な巨匠たちを模倣して見出すものだ。
かれ　私は本ではなくて形象を求めているからな。
書物の中でもっとも賢いことを述べる人たちは、
盲目でうつけた心のほかには何一つ所有していない。
私が呼び求める神秘の人はこれからも
流れの傍らの濡れそぼった砂の上を

                                        the stream
And look most like me, being indeed my double,
And prove of all imaginable things
The most unlike, being my anti-self,
And, standing by these characters, disclose
All that I seek; and whisper it as though
He were afraid the birds, who cry aloud
Their momentary cries before it is dawn,
Would carry it away to blasphemous men.

74　anti-self　イェイツの造語(*OED* 参照)。8行目の my own opposite をさらに特定した。自分が目指すもう一人の自分とも言える。詩は自我とこの「反自我」の葛藤から生れる、と彼は考えている。『月の優しい静寂のなかで』(*Per Amica Silentia Lunae*, 1918)参照。詩人が自己に課した厳しい規律、訓練、演技、仮面などの理念と結びつく。

歩むだろうし、
実際、私の分身だから実に私によく似ているけれど、
私の反自我だから、想像しうるすべての
なかでいちばん似ていないものでもある。
それがこの文字のそばに立ち、私が求める
すべてを明かし、小声で教えてくれるだろう、
夜明け前にひとしきり鳴き立てる鳥どもが
嘲笑《あざわら》う者たちのもとに秘密を
伝えにゆくのを怖れるかのように。

［30］　Easter 1916

I have met them at close of day
Coming with vivid faces
From counter or desk among grey
Eighteenth-century houses.
I have passed with a nod of the head
Or polite meaningless words,
Or have lingered awhile and said
Polite meaningless words,
And thought before I had done
Of a mocking tale or a gibe
To please a companion
Around the fire at the club,
Being certain that they and I
But lived where motley is worn:
All changed, changed utterly:
A terrible beauty is born.

---

［30］　1920年10月23日 *The New Statesman* 紙初出(執筆は1916年9月)。詩集 *Michael Robartes and the Dancer*(Dublin, 1921)に収録。第一次大戦中の1916年4月24日復活祭月曜日に、約1200名(諸説あり)の義勇軍と市民軍が合同してダブリン中央郵便局ほか市中の要所を占拠、アイルランド共和国の成立を宣言したが、イギリス軍の激しい攻撃に曝《さら》され、同じ週の土曜日29日に降伏、指導者15名が銃殺刑

［30］　一九一六年復活祭

一日が終り、彼らが
勘定台や事務机を離れ、
十八世紀造りの灰いろの建物から、
生き生きとした顔で現れるのに会った。
私はうなずいて、あるいは丁寧な
ありきたりの言葉をかけて、通り過ぎた。
またはちょっと立ちどまって、
丁寧なありきたりの言葉を交した。
話し終えるまえに、もう、クラブへ着いたら
笑い話にして、陰口をたたき、
暖炉のそばで、仲間を
楽しませようと思っていた。
連中と私は道化芝居が演じられる場で
生きているだけだ、と信じていたから。
すべてが変った。完全に変った。
恐ろしい美が生れた。

に処せられた。

That woman's days were spent
In ignorant good-will,
Her nights in argument
Until her voice grew shrill.
What voice more sweet than hers
When, young and beautiful,
She rode to harriers?
This man had kept a school
And rode our wingèd horse;
This other his helper and friend
Was coming into his force;
He might have won fame in the end,
So sensitive his nature seemed,
So daring and sweet his thought.
This other man I had dreamed
A drunken, vainglorious lout.
He had done most bitter wrong
To some who are near my heart,
Yet I number him in the song;
He, too, has resigned his part
In the casual comedy;

---

17 That woman Constance Markiewicz(1868-1927). アングロ・アイリッシュの出で蜂起に参加、死刑を宣告されたがのちに終身刑に減刑、1917年に釈放された。[39]を参照。 **24 This man** Padraic Pearse(1879-1916). 義勇軍側の指導者。私立学校を経営し、ゲール語の教育に力を入れた。詩人でもあった。 **25 wingèd horse** ギリシア神話のペガソスを言う。詩人に霊感をもたらす翼のある馬。 **26**

あの女は、昼のうちは無知ゆえの善意を
振《ふ》り撒《ま》いて過し、夜になれば
議論に熱中して、あげくの果ては
金切り声になった。
若い美しい娘であったころ、馬に乗り、
猟犬に野兎《のうさぎ》を追わせていたあのころは、
誰よりもきれいな声をしていたのに。
この男は学校を開いていた。
私らのペガソスを乗りこなしもした。
こちらは彼を助けていた友人で、
力のある男になりはじめていた。
いずれは名をあげていたかもしれない、
もともと感受性が豊かで、
考え方も大胆で新鮮に思えたから。
このもう一人の男を、私は飲んだくれの
自惚《うぬぼ》れ屋のならず者だとばかり思っていた。
私が心から大切にしている人たちを
本当にひどい目に会わせたから。
だが、私はこの男を歌に入れる。
彼もまた気まぐれな道化芝居の
役を降りた。この男にも

This other Thomas MacDonagh (1878–1916). 詩人・劇作家。University College Dublin の講師でピアスの私立学校でも教えた。死後に批評 *Literature in Ireland* が出版された。 **31 This other man** John MacBride (1865–1916). 南ア戦争の際にはボーア人側についてイギリス軍と戦った。1903 年にモード・ゴンと結婚、一子をもうけたが、間もなく別居。その後この蜂起に参加して処刑された。

He, too, has been changed in his turn,
Transformed utterly:
A terrible beauty is born.

Hearts with one purpose alone
Through summer and winter seem
Enchanted to a stone
To trouble the living stream.
The horse that comes from the road,
The rider, the birds that range
From cloud to tumbling cloud,
Minute by minute they change;
A shadow of cloud on the stream
Changes minute by minute;
A horse-hoof slides on the brim,
And a horse plashes within it;
The long-legged moor-hens dive,
And hens to moor-cocks call;
Minute by minute they live:
The stone's in the midst of all.

変るときが来て、
完全な変身を遂げた。
恐ろしい美が生れた。

夏が来ても冬が来ても
たった一つの目的を追う者たちの心は、
魔術によって石に変り、
生きている川の流れを乱すかのようだ。
街道から降りて来る馬、
乗り手、積み重なる雲から雲へと
飛び移る鳥の群、
このものらは一刻ごとに変る。
流れに映る雲のすがたも
一刻ごとに変る。
馬の蹄《ひづめ》が流れの縁《ふち》ですべる。
流れの中で馬が水しぶきをあげる。
長い脚の鷭《ばん》の雌が水にもぐる。
雌は雄の鷭を呼ぶ。
このものらは一刻ごとに生きる。
あの石がすべての真ん中にある。

Too long a sacrifice
Can make a stone of the heart.
O when may it suffice?
That is Heaven's part, our part
To murmur name upon name,
As a mother names her child
When sleep at last has come
On limbs that had run wild.
What is it but nightfall?
No, no, not night but death;
Was it needless death after all?
For England may keep faith
For all that is done and said.
We know their dream; enough
To know they dreamed and are dead;
And what if excess of love
Bewildered them till they died?
I write it out in a verse—
MacDonagh and MacBride
And Connolly and Pearse
Now and in time to be,

68　For England may keep faith　イギリス政府は第一次大戦が終結すればアイルランドに自治権を与えると約束していた。 **76　Connolly**　James Connolly (1868-1916). 労働組合の防衛組織アイルランド市民軍(Irish Citizen Army)を結成して、ピアスの率いるアイルランド義勇軍(Irish Volunteers)と共に蜂起に参加、処刑された。

あまりに長いあいだ犠牲に耐えていると
心が石になることもある。
ああ、いつになれば気がすむのだ？
それを決めるのは天の仕事、私らの
仕事はつぎつぎに名前を呟《つぶや》くこと。
子供が遊び疲れ、やっと
手足を投げだして眠りにつくと、
母親が名前を呼んでやるように。
日が暮れて夜が来ただけではないのか？
いや、違う。夜ではなくて死だ。
あれはつまりは空しい死であったか？
イギリスは今までやったこと言ったことは
ともかく、約束は守るかもしれないから。
私たちは彼らの夢を知っている。彼らが
夢を見て死んだことを知ればそれでいい。
あまりにも激しい愛が彼らを惑わせ、
死に追いやったとて、それが何だ？
私はこれを詩に書《か》き連《つら》ねる——
マクドナとマクブライド、
コナリーとピアス、彼らは
今も、これからも、

Wherever green is worn,
Are changed, changed utterly:
A terrible beauty is born.

September 25, 1916

78　Wherever green is worn　緑はアイルランドを表す色。18世紀末頃のアイリッシュ・バラッド'The Wearin' o' the Green'に「この国の男や女は緑を着た科《とが》で首を括《くく》られる」という一行がある。

人が緑を着るところならどこであれ、
変ってしまった。完全に変った。
恐ろしい美が生れた。

1916年9月25日

[31]　The Second Coming

Turning and turning in the widening gyre
The falcon cannot hear the falconer;
Things fall apart; the centre cannot hold;
Mere anarchy is loosed upon the world,
The blood-dimmed tide is loosed, and everywhere
The ceremony of innocence is drowned;
The best lack all conviction, while the worst
Are full of passionate intensity.

Surely some revelation is at hand;
Surely the Second Coming is at hand.
The Second Coming! Hardly are those words out
When a vast image out of *Spiritus Mundi*
Troubles my sight: somewhere in sands of
the desert
A shape with lion body and the head of a man,
A gaze blank and pitiless as the sun,

---

[31]　1920年11月 *The Dial* 誌初出。詩集 *Michael Robartes and the Dancer* (Dublin, 1921)に収録。最後の審判の日にキリストがふたたびこの世を訪れて(再臨して)、信者を蘇らせ、永遠の神の国へ導くという説に対して、イェイツは二千年を周期とする循環歴史説を信ずる。キリスト教文明が終ると、幼児キリストではなくスフィンクスに似た野獣が生れ、新しい野蛮な文明がはじまり、成熟して衰頽し、終り、

［31］〈再　臨〉

しだいに広がりゆく渦に乗って鷹は
旋回を繰り返す。鷹匠《たかじょう》の声はもう届かない。
すべてが解体し、中心は自らを保つことができず、
まったくの無秩序が解き放たれて世界を襲う。
血に混濁《こんだく》した潮《うしお》が解き放たれ、いたるところで
無垢《むく》の典礼が水に呑まれる。
最良の者たちがあらゆる信念を見失い、最悪の者らは
強烈な情熱に満ち満ちている。

たしかに何かの啓示が迫《せま》っている。
たしかに〈再臨〉が近づいている。
〈再臨〉！　その言葉が口を洩れるや
《世界霊魂》から出現した巨大な像が
私の視界を掻き乱す。どこか沙漠《さばく》の
　　　　　　　　　　　　砂の中で
ライオンの胴体と、人間の頭と、
空ろな、太陽のように無慈悲な目をしたものが

さらに別な文明が生れる。これが永遠に繰り返される。 **1 gyre** 「渦巻」。イェイツの好む表象。円錐形に広がる渦巻と逆円錐形に広がる渦巻が組み合されて文明の生成と衰退を表す。 **12 *Spiritus Mundi*** 「何かの個人ないし霊の所有物であることを止《や》めたイメージ群を貯蔵する倉庫」(イェイツ自注)。「世界の魂」(*Anima Mundi*)と同義に用いているらしい。

Is moving its slow thighs, while all about it
Reel shadows of the indignant desert birds.
The darkness drops again; but now I know
That twenty centuries of stony sleep
Were vexed to nightmare by a rocking cradle,
And what rough beast, its hour come round at last,
Slouches towards Bethlehem to be born?

のっそりと太腿《ふともも》を動かしている。まわりに
怒り狂う沙漠の鳥どもの影がよろめく。
ふたたび暗黒がすべてを閉《とざ》す。だが、今、私は知った、
二千年つづいた石の眠りが
揺《ゆ》り籠《かご》にゆすられて眠りを乱され、悪夢にうなされたのを。
やっとおのれの生れるべき時が来て、ベツレヘムへ向い
のっそりと歩みはじめたのはどんな野獣だ？

［32］ A Prayer for my Daughter

Once more the storm is howling, and half hid
Under this cradle-hood and coverlid
My child sleeps on. There is no obstacle
But Gregory's wood and one bare hill
Whereby the haystack- and roof-levelling wind,
Bred on the Atlantic, can be stayed;
And for an hour I have walked and prayed
Because of the great gloom that is in my mind.

I have walked and prayed for this young child an hour
And heard the sea-wind scream upon the tower,
And under the arches of the bridge, and scream
In the elms above the flooded stream;
Imagining in excited reverie
That the future years had come,
Dancing to a frenzied drum,

---

［32］ 1919年11月*Poetry*誌初出。詩集*Michael Robartes and the Dancer*(Dublin, 1921)に収録。1917年10月、モード・ゴンへの最後の求愛を拒絶されたイェイツは、52歳でイギリスの女性Georgie Hyde-Lees(1892-1968)と結婚、1919年2月に長女Anneをもうけた。

4 Gregory's wood レイディ・グレゴリーの所有地内の森。新妻を迎えるために改装したバリリー(Ballylee)の塔はその近くにある。

[32]　娘のための祈り

またしても嵐が吠える。この揺《ゆ》り籠《かご》の
幌《ほろ》と掛布になかば隠れて、
わが子は眠りつづける。グレゴリーの森と
裸の丘が一つ、ほかに、大西洋から襲来して、
干草《ほしくさ》の山を倒し、屋根を押しつぶす風を
食い止めるものは何もない。
心にわだかまる大いなる憂鬱《ゆううつ》のゆえに、
一時間、私は歩きまわり祈りつづけた。

私はこの幼児《おさなご》のために一時間も歩き、
　　　　　　　　　　　　　　祈り、
海で生れた風が、塔の上や、橋のアーチの下で
金切り声をあげ、氾濫《はんらん》する流れの上に立つ
楡《にれ》の木々の中でわめき叫ぶのを聞き、
昂奮《こうふん》に心を掻き乱されながら夢想する、
海の残忍な無垢のなかから生れた
未来の年月が、狂乱する太鼓の音にのって、

Out of the murderous innocence of the sea.

May she be granted beauty and yet not
Beauty to make a stranger's eye distraught,
Or hers before a looking-glass, for such,
Being made beautiful overmuch,
Consider beauty a sufficient end,
Lose natural kindness and maybe
The heart-revealing intimacy
That chooses right, and never find a friend.

Helen being chosen found life flat and dull
And later had much trouble from a fool,
While that great Queen, that rose out of the spray,
Being fatherless could have her way
Yet chose a bandy-leggèd smith for man.
It's certain that fine women eat
A crazy salad with their meat
Whereby the Horn of Plenty is undone.

In courtesy I'd have her chiefly learned;

---

25 Helen　絶世の美女トロイアのヘレネ。 **26 a fool**　トロイアの王子パリス。スパルタの王妃ヘレネを誘惑して自国に連れ帰り、長く続く戦いの原因を作った。 **27 that great Queen**　美と愛と豊饒の女神アプロディテ。海の泡から生れたと伝えられる。 **29 a bandy-leggèd smith**　火と鍛冶の神ヘパイストス。鰐脚で醜い。 **32 Horn of Plenty**　ギリシア神話より。コルヌコピア(cornucopia)とも言う。

踊り狂いながらやって来たのか、と。

娘が美貌に恵まれてほしい。だが、
見知らぬ男の目を惑わせ、鏡の前で
おのれの目を惑わせるほどの美貌はいらない。
なぜなら、あまりに美しすぎる女は、
美しければそれでいいと考えて、
自然な優しさを失うだけでなく、おそらく、
親しく心を打ち明けて正しい道を選ぶすべを
失い、友人を見出すことができなかろうから。

選ばれた女ヘレネは平穏な人生に退屈して
愚か者とかかわり、大変な騒動に巻きこまれた。
海の泡から生れたあの大いなる〈女王〉は
父《てて》なし子だから思うままに生きられたのに、
鰐脚《わにあし》の鍛冶屋《かじや》を夫に選んだ。
美しい女たちが食事のときに
狂気のサラダを食べるというのは本当だ。
それで〈豊饒《ほうじょう》の角《つの》〉を台無しにしてしまう。

娘には何よりもまず礼節を学んでほしい。

山羊《やぎ》の角から花、果実、穀物などがあふれ出ている図柄で表される。豊饒の象徴。

Hearts are not had as a gift but hearts are earned
By those that are not entirely beautiful;
Yet many, that have played the fool
For beauty's very self, has charm made wise,
And many a poor man that has roved,
Loved and thought himself beloved,
From a glad kindness cannot take his eyes.

May she become a flourishing hidden tree
That all her thoughts may like the linnet be,
And have no business but dispensing round
Their magnanimities of sound,
Nor but in merriment begin a chase,
Nor but in merriment a quarrel.
O may she live like some green laurel
Rooted in one dear perpetual place.

My mind, because the minds that I have loved,
The sort of beauty that I have approved,
Prosper but little, has dried up of late,
Yet knows that to be choked with hate

人の心は贈物として与えられるのではない。完璧な
美人ではない女たちが努力して手にするものだ。
だが、美の化身に憧れて馬鹿を演じた
多くの者らを心根の優しさが賢くしてくれた。
さまよい歩き、愛し、おのれも愛されている、
と思い込んだ多くの哀れな男らは、
明るい親切から目を逸《そ》らすことができない。

彼女が人に知られず繁茂する樹木となり、
心の思いの一つ一つが紅ヒワとなり、広やかな
心遣いの囀《さえず》りをまわりに振《ふ》り撒《ま》くだけで、
ほかには、どんな仕事にもかかわらぬように。
楽しい遊びとしてしか追いかけっこをせず、
楽しい遊びとしてしか口喧嘩をしないように。
ああ、永遠に続く一つの懐かしい土地に根を張る
緑の月桂樹のように彼女は生きてほしい。

私が愛した人たちの心は、私が称えた類《たぐい》の美は、
さして繁栄することもなかったから、私の心も
近ごろは渇れ果ててしまったが、それでも、
息詰るほどの憎しみに苛《さいな》まれるのは、あらゆる

May well be of all evil chances chief.
If there's no hatred in a mind
Assault and battery of the wind
Can never tear the linnet from the leaf.

An intellectual hatred is the worst,
So let her think opinions are accursed.
Have I not seen the loveliest woman born
Out of the mouth of Plenty's horn,
Because of her opinionated mind
Barter that horn and every good
By quiet natures understood
For an old bellows full of angry wind?

Considering that, all hatred driven hence,
The soul recovers radical innocence
And learns at last that it is self-delighting,
Self-appeasing, self-affrighting,
And that its own sweet will is Heaven's will;
She can, though every face should scowl
And every windy quarter howl

悪しき運命のなかでも最悪のものだと知っている。
心に憎しみさえ抱かなければ、
嵐に襲われても打たれても、木の葉から
紅ヒワを振り落すことはけっしてできない。

なかでも知的な憎しみが最も悪い。だから
意見など忌むべきものだと思ってほしい。
〈豊饒の角〉の口元から生れた
こよなく美しい女が頑迷な心のゆえに、
あの角とか、穏やかな人々が
よしとするすべてのものと引き換えに、
怒りの風をいっぱいにはらんだ古い
ふいごを手に入れるのを見はしなかったか。

あらゆる憎しみを追い払うなら、魂が
根源的な無垢を回復し、ついには、自ら喜び、
自らやわらぎ、自ら畏《おそ》れしめることを知り、
自らの美しい意志が天の意志であることを知る。
すべての人々が怒りに顔をゆがめても、
四方から吹き募る風が咆哮《ほうこう》しても、
あらゆるふいごが破裂しても、

Or every bellows burst, be happy still.

And may her bridegroom bring her to a house
Where all's accustomed, ceremonious;
For arrogance and hatred are the wares
Peddled in the thoroughfares.
How but in custom and in ceremony
Are innocence and beauty born?
Ceremony's a name for the rich horn,
And custom for the spreading laurel tree.

June 1919

なお幸福でいることができる。

花婿《はなむこ》が彼女を導き、すべてが慣習にならい、
典礼に従う屋敷へ連れて行くように。
なぜなら傲慢《ごうまん》とか憎しみなどは
大道で商《あきな》われる品物にすぎないから。
慣習と典礼のなかでなければ
どうして無垢と美が生れよう。
典礼とは豊饒の角のことだ。
慣習とは枝葉を広げる月桂樹の謂《いい》だ。

1919年6月

［33］ Sailing to Byzantium

I

That is no country for old men. The young
In one another's arms, birds in the trees
—Those dying generations—at their song,
The salmon-falls, the mackerel-crowded seas,
Fish, flesh, or fowl, commend all summer long
Whatever is begotten, born, and dies.
Caught in that sensual music all neglect
Monuments of unageing intellect.

II

An aged man is but a paltry thing,
A tattered coat upon a stick, unless
Soul clap its hands and sing, and louder sing
For every tatter in its mortal dress,
Nor is there singing school but studying
Monuments of its own magnificence;

---

［33］ 限定版自選詩集 *October Blast*（Dublin, 1927）初出。詩集 *The Tower*（London, 1928）に収録。ビザンティウムは東ローマ帝国の首都コンスタンティノポリスの古名。現在はトルコのイスタンブール。「古代の一カ月間を好きな場所で過していい、と言われたら、ユスティニアヌス1世がソフィア大聖堂を開き〔537年〕、プラトンのアカデメイアが閉鎖されるすこし前のビザンティウムを選ぶだろう」(『ヴィ

［33］ ビザンティウムへの船出

I

あれは老人の住む国ではない。若い者らは
たがいに抱き合い、鳥は木々に止って
—— この死んで殖《ふ》えるやから —— ひたすら歌う。
鮭がのぼる瀧《たき》、鯖《さば》のむらがる海、
魚も、獣も、あるいは鳥も、夏のあいだじゅう
種《たね》を受け、生れ、死ぬ者らすべてを称える。
その官能の音楽にとらわれて、すべてが
不老の知性の記念碑をなおざりにする。

II

老いぼれというのはけちなものだ、
棒切れに引っかけたぼろ上衣《うわぎ》そっくりだ、
もしも魂が手を叩いて歌うのでなければ、
肉の衣《ころも》が裂けるたびになお声高く歌うのでなければ。
それに、魂の壮麗を記念する碑を学ぶほかに
歌の学校などあるはずもない。

ジョン』)。 **3　generations**「世代」のほかに「生殖」「生成」の意味がある。 **5　Fish, flesh, or fowl**「魚、肉、鳥肉」を意味する慣用句から。 **12　mortal dress**　肉体。

And therefore I have sailed the seas and come
To the holy city of Byzantium.

III

O sages standing in God's holy fire
As in the gold mosaic of a wall,
Come from the holy fire, perne in a gyre,
And be the singing-masters of my soul.
Consume my heart away; sick with desire
And fastened to a dying animal
It knows not what it is; and gather me
Into the artifice of eternity.

IV

Once out of nature I shall never take
My bodily form from any natural thing,
But such a form as Grecian goldsmiths make
Of hammered gold and gold enamelling
To keep a drowsy Emperor awake;
Or set upon a golden bough to sing
To lords and ladies of Byzantium

19　perne　pirn(名詞「糸巻き」)の別形。イェイツは to move with a winding motion(動詞「螺《ら》旋《せん》回転する」)の意味で用いている(*OED*)。

だから、私は海を渡って、
聖なる都ビザンティウムへやって来た。

III

おお、壁面の金モザイクの中にあるように、
神の聖なる火の中に立ちつくす賢者たちよ、
聖なる火の外に出てくれ、渦をなして旋回してくれ、
そうして、私の魂の歌の教師になってくれ。
この心を灼《や》きつくしてくれ。欲望に悶《もだ》え
死にかけた動物に繫《つな》がれているゆえに
こいつはおのれの何たるかを知らぬのだ。私を
抱き締めて、永遠の工芸品に変えてくれ。

IV

ひとたび自然の外に出たら、私は
どんな自然の事物からも肉体の形を借りるまい。
私が選ぶのは、ギリシアの金細工師たちが、
うつうつと眠る皇帝を目覚めさせておくために、
打ち延べた金と琺瑯《ほうろう》引《び》きの黄金で造りあげた形だ。
あるいは、ビザンティウムの貴族や貴婦人たちに、
過ぎ去り、過ぎゆき、来《きた》ることを歌い聞かせるため、

Of what is past, or passing, or to come.

1927

金の枝の上に据えられたものの形だ。

1927 年

［34］ The Tower

I

What shall I do with this absurdity—
O heart, O troubled heart—this caricature,
Decrepit age that has been tied to me
As to a dog's tail?
　　　　　　　　Never had I more
Excited, passionate, fantastical
Imagination, nor an ear and eye
That more expected the impossible—
No, not in boyhood when with rod and fly,
Or the humbler worm, I climbed Ben Bulben's back
And had the livelong summer day to spend.
It seems that I must bid the Muse go pack,
Choose Plato and Plotinus for a friend
Until imagination, ear and eye,
Can be content with argument and deal
In abstract things; or be derided by

---

［34］ 1927年6月 *The Criterion* 誌初出。詩集 *The Tower*(London, 1928)に収録。 **9 Ben Bulben** スライゴーの北にある山(標高526メートル)。南側から見ると頂上が平らで梯形《ていけい》をしている。 **11 go pack**＝go and pack. pack＝be off; go away, depart(*OED*). **12 Plotinus** エジプト生れの新プラトン主義哲学者(204頃-269頃)。著作のなかに宇宙論、霊魂論などが含まれる。

[34] 塔

I

この馬鹿ばかしさをどう始末したらいいのか——
ああ、心よ、ああ、悩み惑う心よ——このカリカチュア、
犬の尻尾《しっぽ》に繋《つな》ぐように、わが身に結わえつけられた
この老耄《ろうもう》を？
　　　　　　　いまほど想像力が
興奮におののき、情熱に溢れ、奇異を求めたことは
ない。これほど耳や目が
あり得ないことが生じるのを待ったことはない——
そうだ、竿や、毛鉤《けばり》や、卑しい虫を持って、
ベン・バルベンの頂《いただき》に登り、長い夏の一日を過した
少年時代にも、こんな思いをしたことなどありはしない。
どうやら〈詩の女神〉にはおさらばして、
プラトンやプロティノスを友に選び、
想像力や、耳や目が、安んじて論議に馴じみ、
抽象を取りさばくのに満足せねばなるまいか。
でなければ、踵《かかと》に絡《から》まるひしゃげ薬缶《やかん》みたいなものに

A sort of battered kettle at the heel.

II

I pace upon the battlements and stare
On the foundations of a house, or where
Tree, like a sooty finger, starts from the earth;
And send imagination forth
Under the day's declining beam, and call
Images and memories
From ruin or from ancient trees,
For I would ask a question of them all.

Beyond that ridge lived Mrs. French, and once
When every silver candlestick or sconce
Lit up the dark mahogany and the wine,
A serving-man, that could divine
That most respected lady's every wish,
Ran and with the garden shears
Clipped an insolent farmer's ears
And brought them in a little covered dish.

25　Mrs. French　18世紀に近辺に住んでいた女性。親族の回想録がこの挿話に触れているという。 **26　sconce**　壁面に取りつけた突き出し燭台。訳文ではcandlestickと一まとめにして「燭台」とする。

嘲《あざけ》られるのが落ちだ。

II

私は胸壁《きょうへき》の上を歩き、とある家の土台を
見つめ、煤《すす》けた指のような木が
地面から突き出ているのを見る。
そうして、傾いた夕日の光のなかに
想像の力を送り出し、
廃墟や古い木々のなかから、
幻像を、人の記憶に残るあれこれを呼び起す。
これらのすべてに問いかけたいことがあるのだ。

尾根の向うにミセス・フレンチが住んでいた。
あるとき、そこいらじゅうの銀の燭台《しょくだい》に火が灯され、
黒いマホガニーの食卓や葡萄酒を照らし出すと、
この立派な奥様のお望みならば
なんでも見抜く一人の召使が
剪定鋏《せんていばさみ》を手にして一《ひと》っ走《ばし》り、
ある横柄《おうへい》な農夫の耳を切り取って、
覆《おお》い蓋《ぶた》つきの小皿に載せて差し出した。

Some few remembered still when I was young
A peasant girl commended by a song,
Who'd lived somewhere upon that rocky place,
And praised the colour of her face,
And had the greater joy in praising her,
Remembering that, if walked she there,
Farmers jostled at the fair
So great a glory did the song confer.

And certain men, being maddened by those rhymes,
Or else by toasting her a score of times,
Rose from the table and declared it right
To test their fancy by their sight;
But they mistook the brightness of the moon
For the prosaic light of day—
Music had driven their wits astray—
And one was drowned in the great bog of Cloone.

Strange, but the man who made the song was blind;
Yet, now I have considered it, I find
That nothing strange; the tragedy began

48　the great bog of Cloone　レイディ・グレゴリーの領地に近い。
49　the man who made the song　実在の人物で盲目の放浪詩人ラフタリー(Anthony Raftery, 1779–1835)。ゲール語で詩を書き粉屋の娘メアリ・ハインズ(Mary Hynes)の美しさを称えた。

あそこの岩場のあたりに住んでいた
農民の娘が、歌に歌われ、もて囃《はや》されたのを、
私が若いころには、何人かがまだ記憶していて、
娘の花の色香《いろか》を褒めそやし、
褒めそやすことでさらなる喜びを覚えていた。
彼女が出歩くと、農夫らが
市場で押し合いへし合いするくらい、
歌が大きな輝きを添えたことを思い出したからだ。

男らのなかには、その歌に血迷ったか、それとも
彼女のために乾杯を繰り返したあげくの果てか、
食卓の席から立ち上り、噂が本当かどうか、いますぐ
この目で確かめに行くと宣言したのもいた。
だがこの者たちは月の輝きを
昼の殺風景な日の光と取り違えた――
歌の調べが男らを錯乱させたのだ――
一人はクルーンの大沼にはまって溺《おぼ》れた。

奇妙だが、この歌を作った男は盲目だった。
だが、考えてみると、べつに
奇妙でもない。悲劇はホメロスとともに

With Homer that was a blind man,
And Helen has all living hearts betrayed.
O may the moon and sunlight seem
One inextricable beam,
For if I triumph I must make men mad.

And I myself created Hanrahan
And drove him drunk or sober through the dawn
From somewhere in the neighbouring cottages.
Caught by an old man's juggleries
He stumbled, tumbled, fumbled to and fro
And had but broken knees for hire
And horrible splendour of desire;
I thought it all out twenty years ago:

Good fellows shuffled cards in an old bawn;
And when that ancient ruffian's turn was on
He so bewitched the cards under his thumb
That all but the one card became
A pack of hounds and not a pack of cards,
And that he changed into a hare.

57　Hanrahan　架空の人物。イェイツの物語集「赤毛のハンラハン」('Stories of Red Hanrahan', 1897)の主人公。野外学校の教師、放浪詩人。各地に恋人がいた。 **65　bawn**　家畜を入れる囲い地(アイルランド語)。ここは「納屋」(barn)と同義に用いているのかもしれない。

はじまったのだが、彼は盲人だった。
それでもヘレネは生きている男らすべてを裏切った。
ああ、月と日の光が解きほぐしがたい
一筋の光線になってくれ。私が
成功するためには男らを狂わせねばならぬ。

私も自分でハンラハンを創り、
酔っていようが醒《さ》めていようが、明け方いっぱい、
近くの百姓家から追い出して駆けずり回らせた。
やつは老人のペテンに引っかかり、躓《つまず》いたり、
転んだりして、あちらこちらをうろつき回り、
酬いに手にしたのは、痛めた膝や、
欲望がもたらしたおぞましい光栄だけ。
私は二十年前にそのすべてを思いついた。

古い囲い地で善良な男らがカードの勝負をしていた。
あの狡《こす》っからい爺さんの番が来ると、
親指の陰でカードに巧みな術をかけたから、
一枚をのぞいて全部のカードが
一組のカードではなく一群の猟犬になり、
残りの一枚を爺さんは一羽の兎《うさぎ》に変えた。

Hanrahan rose in frenzy there
And followed up those baying creatures towards—

O towards I have forgotten what—enough!
I must recall a man that neither love
Nor music nor an enemy's clipped ear
Could, he was so harried, cheer;
A figure that has grown so fabulous
There's not a neighbour left to say
When he finished his dog's day:
An ancient bankrupt master of this house.

Before that ruin came, for centuries,
Rough men-at-arms, cross-gartered to the knees
Or shod in iron, climbed the narrow stairs,
And certain men-at-arms there were
Whose images, in the Great Memory stored,
Come with loud cry and panting breast
To break upon a sleeper's rest
While their great wooden dice beat on the board.

---

79 dog's day　dog's life(「みじめな暮し」)とほぼ同義か。 **82 cross-gartered**＝having the garters crossed on the legs. 脛《すね》で交叉《こうさ》させたガーター。当時の兵士の服装から。 **85 the Great Memory**　イェイツは「われわれの記憶は一つのより大きな記憶の一部分である」('Magic', 1901)と言う。[31]の12行目の '*Spiritus Mundi*' と同義か。

ハンラハンは逆上して立ち上り、
吠え立てる犬どもを追ってどこかへ出て行った──

さてどこへ行ったやら思い出せぬが── まあいい！
私はある男を思い起さねばならぬ。愛にも、
歌にも、切り取った敵の耳にも、浮れなかった
一人の男。ずいぶん苦労をしたせいだ。
伝説の人物になり切ってしまったから、
あの惨《みじ》めな一生をいつ終えたのか
近隣の者は誰も知らない。
落ちぶれたこの家の老主人のことだ。

ここが廃墟となるまえに、何世紀ものあいだ、
荒くれ兵士らが、膝まで十字ガーターを巻いて、
または鉄の拍車をつけて、狭い階段を昇ったものだ。
ああいう兵士たちの幻像は〈大いなる記憶〉に
貯えられているから、
大声で叫んだり、息を切らせて喘《あえ》いだりしながら、
夜眠る者の安らぎを掻き乱しに来るのだ。
やつらの大きな木の骰子《さいころ》が卓上に鳴り響く。

As I would question all, come all who can;
Come old, necessitous, half-mounted man;
And bring beauty's blind rambling celebrant;
The red man the juggler sent
Through God-forsaken meadows; Mrs. French,
Gifted with so fine an ear;
The man drowned in a bog's mire,
When mocking Muses chose the country wench.

Did all old men and women, rich and poor,
Who trod upon these rocks or passed this door,
Whether in public or in secret rage
As I do now against old age?
But I have found an answer in those eyes
That are impatient to be gone;
Go therefore; but leave Hanrahan,
For I need all his mighty memories.

Old lecher with a love on every wind,
Bring up out of that deep considering mind
All that you have discovered in the grave,

---

90 half-mounted man 曖昧だが「破産した男」という解釈がある。

私は聞きたいのだ、手隙《てすき》の者はみんな来い。
年をとり、金に困り、落ちぶれかけた者も来い。
美女を歌った盲目の放浪詩人を連れて来い。
手品師のペテンにかかり、荒れた牧草地を
走り回った赤毛の男を連れて来い。見事な片耳を
贈られたミセス・フレンチを連れて来い。
皮肉な〈詩の女神〉が田舎《いなか》娘《むすめ》を選んだせいで、
沼地の泥濘《でいねい》にはまって溺れた男を連れて来い。

金持でも貧乏人でも、この岩地を歩み、
このドアの前を通り過ぎた老人老女が、
大っぴらにでも隠れてでも、今の私のように
老年を嫌って怒り狂ったりしたのか？
だが、帰りたがって焦《じ》れているこの者たちの
目を見ると、考えていることの見当はつく。
だから帰れ。だが、ハンラハンは残しておけ、
やつの強力な記憶力のありったけが必要だ。

あちこちに愛人をこしらえた好色老人め、
その奥底深い思いのなかから、墓のなかで
悟ったことを洗いざらい引き出してくれ。

For it is certain that you have
Reckoned up every unforeknown, unseeing
Plunge, lured by a softening eye,
Or by a touch or a sigh,
Into the labyrinth of another's being;

Does the imagination dwell the most
Upon a woman won or woman lost?
If on the lost, admit you turned aside
From a great labyrinth out of pride,
Cowardice, some silly over-subtle thought
Or anything called conscience once;
And that if memory recur, the sun's
Under eclipse and the day blotted out.

III

It is time that I wrote my will;
I choose upstanding men
That climb the streams until
The fountain leap, and at dawn
Drop their cast at the side

なぜなら、心をなごませる眼《まな》ざしや、
やわ肌の感触や、溜息なんぞに誘《おび》き寄せられ、
わけもわからず、何も知らずに、他人の
存在という迷路に突入したおまえのことだ、
その一つ一つをじっくり考えたろうからな。

想像力がつきまとうのはどちらだ、
手に入れた女か、入れそこねた女か？
逃した女のほうなら、おまえは気位が高くて、
臆病で、つまらぬ瑣末事《さまつじ》を気に病んで、
あるいは、かつて良心とか呼ばれたものにこだわって、
大いなる迷路に背を向けたことを認めろ。
そうして、思い出そうものなら、太陽は
蝕《しょく》に侵され、日は抹殺されることを認めろ。

III

もう遺言を書いておいていい年だ。
私が選ぶのは真っ直ぐに立つ男たち、
流れを遡《さかのぼ》って急流の水源にまで
たどりつき、夜明け方に、
水に濡れた石の傍らで、釣鉤《つりばり》を

Of dripping stone; I declare
They shall inherit my pride,
The pride of people that were
Bound neither to Cause nor to State,
Neither to slaves that were spat on,
Nor to the tyrants that spat,
The people of Burke and of Grattan
That gave, though free to refuse—
Pride, like that of the morn,
When the headlong light is loose,
Or that of the fabulous horn,
Or that of the sudden shower
When all streams are dry,
Or that of the hour
When the swan must fix his eye
Upon a fading gleam,
Float out upon a long
Last reach of glittering stream
And there sing his last song.
And I declare my faith:
I mock Plotinus' thought

132　Burke, Grattan　いずれも18世紀のアングロ・アイリッシュで政治家・知識人。バーク(Edmund Burke, 1729-1797)は1765年イギリス下院議員に選出された。著書に『フランス革命の省察』ほか。グラタン(Henry Grattan, 1746-1820)はアイルランド議会の立法権獲得に尽力した。共に議会政治を信じる進歩派だが、過激な手段を好まなかった。 **136　the fabulous horn**　豊饒《ほうじょう》の角《つの》。[32]の注を参照。

投げ入れる男らだ。私はこの者たちが
わが誇りを引き継ぐと宣言する。
〈大義〉にも〈国家〉にも縛られず、
唾《つば》吐きかけられる奴隷《どれい》にも、
唾吐きかける
暴君にも縛られず、
断ることもできたのに与えた
バークとグラタンの時代の人々の誇り——
光が真っ逆さまに解き放たれるときの
朝方の誇りのような誇り、
あるいは伝説の角《つの》のような、
あるいはあらゆる流れが涸《か》れ果てたときに
とつぜん襲いかかる驟雨《しゅうう》のような、
あるいは白鳥が薄れゆく光を
じっと見つめ、
最後の光芒《こうぼう》を放って
伸び広がる流れに浮び、
最後の歌を歌わねばならぬ
時刻のような。
わが信ずるところを言えばこうなる。
私はプロティノスの思想を嘲り、

And cry in Plato's teeth,
Death and life were not
Till man made up the whole,
Made lock, stock and barrel
Out of his bitter soul,
Aye, sun and moon and star, all,
And further add to that
That, being dead, we rise,
Dream and so create
Translunar Paradise.
I have prepared my peace
With learned Italian things
And the proud stones of Greece,
Poet's imaginings
And memories of love,
Memories of the words of women,
All those things whereof
Man makes a superhuman
Mirror-resembling dream.

As at the loophole there

150　lock, stock, and barrel　成句。字義通りには「銃の発射装置、銃床、銃身」。 **156　Translunar**＝Translunary.「月の軌道の向う側にある、月の変化の影響を受けない、理想の、空想の」の意から。sublunary(「現世の」)に対する。

真っ向からプラトンに歯向い、
人間がおのれの苦《にが》い魂から、
あらゆるものを、
一切合切すべてのものを、
そうとも、太陽や月や星や、すべてを
創り出すまでは
死も生も存在しなかった、と宣言する。
そうしてさらにつけ加えよう、
われわれは死んで、生き返り、
夢を見て、
〈天上の楽園〉を創り出すのだ、と。
イタリアの学芸の産物や、
ギリシアの誇り高い彫刻や、
詩人が思い描いた愛の働きや
愛の思い出や、
女たちが口にした言葉の思い出など、
つまり、人が人間業《にんげんわざ》を越える
鏡にも似た夢を創り出すときの素材一切をもって
私はわが平安の心構えをした。

たとえば、小鴉《こがらす》が

The daws chatter and scream,
And drop twigs layer upon layer.
When they have mounted up,
The mother bird will rest
On their hollow top,
And so warm her wild nest.

I leave both faith and pride
To young upstanding men
Climbing the mountain-side,
That under bursting dawn
They may drop a fly;
Being of that metal made
Till it was broken by
This sedentary trade.

Now shall I make my soul,
Compelling it to study
In a learned school
Till the wreck of body,
Slow decay of blood,

お喋《しゃべ》りしたり叫んだりしながら、
そこの銃眼に、小枝を層一層と
積み重ね、巣を作りあげてしまうと、
母鳥がてっぺんの穴に
腰を据え、粗末な巣の卵を
暖めるように。

夜明けに炸裂《さくれつ》する光を浴びて、
毛鉤を流れに投げ入れようと
山腹を登って行き
真っ直ぐに立つ若者らに
私は信念と誇りを託する。
詩人の坐業に
蝕《むしば》まれるまでは
私も同じ気質を所有していたのだ。

さて、私はおのれの魂を鍛えるとしよう。
学識のある人々のなかで
勉学を続けろとわが魂に強いるとしよう。
ついには、肉体の残骸《ざんがい》や、
ゆっくりと腐ってゆく血液や、

Testy delirium
Or dull decrepitude,
Or what worse evil come—
The death of friends, or death
Of every brilliant eye
That made a catch in the breath—
Seem but the clouds of the sky
When the horizon fades;
Or a bird's sleepy cry
Among the deepening shades.

1926

癇癪《かんしゃく》を引っ張り出す錯乱や、
鈍重な老廃や、あるいは、
もっと不吉なものがやって来るまで——
たとえば友人たちの死とか、
はっと息を飲むほどに
輝いていた目のどれもが死に果てるとか——
一切が地平線の薄れゆく時刻の
空の雲でしかないように見えるまで、
あるいは深まりゆく夕闇の中で鳴く
眠たげな鳥の声のようになるまで。

1926年

［35］ Meditations in Time of Civil War

I

Ancestral Houses

Surely among a rich man's flowering lawns,
Amid the rustle of his planted hills,
Life overflows without ambitious pains;
And rains down life until the basin spills,
And mounts more dizzy high the more it rains
As though to choose whatever shape it wills
And never stoop to a mechanical
Or servile shape, at others' beck and call.

Mere dreams, mere dreams! Yet Homer had not sung
Had he not found it certain beyond dreams
That out of life's own self-delight had sprung
The abounding glittering jet; though now it seems
As if some marvellous empty sea-shell flung

---

［35］ 1923 年 1 月 *The Dial* 誌初出。詩集 *The Tower* (London, 1928) に収録。1921 年 12 月アイルランド議会の代表はイギリス政府と協議の上、北 6 州を除外した自治権を獲得して条約を締結、翌 1922 年 1 月アイルランド議会の批准を得たが、急進派はこれに同意せず、同年 6 月からアイルランド政府軍と本格的な戦争状態に入った。アイルランド人同士の戦いである。この内戦は 1923 年 5 月に急進派が降伏す

［35］ 内戦時代の省察

I

父祖の館

確かに、花咲き乱れる富者《ふしゃ》の芝生で、ここの主《あるじ》が
植林した丘々に吹く風のさやぎのなかにいれば、
高望みして苦しまなくとも生命は満ち溢れる。
生命は水盤から溢れ出るまで降り注ぎ、
注ぐほどなお目の眩《くら》む高みに舞い昇る、
おのれが望むままの姿かたちを選ぶぞ、
人の指図や求めに屈してありきたりのかたちや
通俗なかたちを取りはしないぞ、というように。

夢か。空しい夢か。いや、夢ではない、
　　　　　　　　　　　　光り輝く
ゆたかな噴水が、生そのものの愉悦から迸《ほとばし》り出たのは
確かなことだ、と思わなければ、ホメロスも
歌いはしなかったろう。だが、いまは
噴水ではなく、水量ゆたかな流れの暗い水底《みなそこ》から

るまで続いた。

Out of the obscure dark of the rich streams,
And not a fountain, were the symbol which
Shadows the inherited glory of the rich.

Some violent bitter man, some powerful man
Called architect and artist in, that they,
Bitter and violent men, might rear in stone
The sweetness that all longed for night and day,
The gentleness none there had ever known;
But when the master's buried mice can play,
And maybe the great-grandson of that house,
For all its bronze and marble, 's but a mouse.

O what if gardens where the peacock strays
With delicate feet upon old terraces,
Or else all Juno from an urn displays
Before the indifferent garden deities;
O what if levelled lawns and gravelled ways
Where slippered Contemplation finds his ease
And Childhood a delight for every sense,
But take our greatness with our violence?

25　what if...? = what does it matter if...?　**27　Juno**　ギリシア神話の女神ヘラ(Hera)のローマ名。女性と結婚生活の保護者。ここは庭園の彫像を指すか。　**30　Contemplation**　擬人法。人物の類型を示す。18世紀古典主義の詩でしばしば用いられた。次のChildhoodも同じ。

放り出された珍《めずら》かな空《から》の貝が象徴となり、
富者から受け継いだ栄光を
翳《かげ》らせているように思われる。

誰か強暴で酷薄な人間が、権力を保有する男が、
建築家や芸術家を呼びよせた。この酷薄で強暴な
者らに命じて、人々が夜も昼も求めつづけた優美を、
それまではついに知られることのなかった典雅を、
石で築き上げさせるためにだ。
だが、主人が死んでしまえば鼠が浮れる。
たぶん、館《やかた》を受け継いだ曾孫《そうそん》は、この見事なブロンズと
大理石のなかに住まう一匹の鼠にすぎない。

ああ、孔雀《くじゃく》が華奢《きゃしゃ》な足をして
古い高台をさまよい歩く庭園や、
素っ気ない庭の神々をまえに、ユーノーが
甕《かめ》から取り出してみせるあれこれや、
上履き姿の〈瞑想〉が安らぎを、
〈幼年〉のあらゆる感覚が楽しみを見出す
平坦な芝生や砂利道が、われらの暴力によってのみ
偉大さをかち得たにしろ、それが何だ？

What if the glory of escutcheoned doors,
And buildings that a haughtier age designed,
The pacing to and fro on polished floors
Amid great chambers and long galleries, lined
With famous portraits of our ancestors;
What if those things the greatest of mankind
Consider most to magnify, or to bless,
But take our greatness with our bitterness?

II

My House

An ancient bridge, and a more ancient tower,
A farmhouse that is sheltered by its wall,
An acre of stony ground,
Where the symbolic rose can break in flower,
Old ragged elms, old thorns innumerable,
The sound of the rain or sound
Of every wind that blows;
The stilted water-hen
Crossing stream again

---

44 the symbolic rose　初期の神秘的な薔薇の残像がある。だがここではアイルランド人の血を象徴する薔薇でもある。詩「薔薇の木」(‘The Rose Tree’, 1920 年初出)でピアスがコナリーに、どの泉も涸《か》れ果てたからには「私らの血で本当の薔薇を育てるほかに仕方があるまい」と言う(固有名詞については[30]の注を参照)。

誉《ほま》れある家紋を刻みつけた扉も、
かつてのより高邁《こうまい》な時代が意匠をこらした建築も、
高名な父祖の肖像が居並ぶ広い部屋部屋も、
長いギャラリーも、その磨き立てた床を
行きつ戻りつする足も、人類のもっとも
偉大な人たちがもっとも称揚し祝福する
これらのものたちが、われわれの酷薄さによってのみ
偉大さをかち得たにしろ、それが何だ？

II

私の家

古い橋、さらに古い塔、
塔の壁に守られて建つ農家、
岩場の土地が一エーカー、
だが、ここに象徴の薔薇が咲くこともある。
見すぼらしい楡《にれ》の老木たち、無数の古い山査子《さんざし》、
雨の音、あたりの風が
吹きつける音。
十頭あまりの牝牛が水をはね散らし、
驚いた足長鷂《あしながばん》が

Scared by the splashing of a dozen cows;

A winding stair, a chamber arched with stone,
A grey stone fireplace with an open hearth,
A candle and written page.
Il Penseroso's Platonist toiled on
In some like chamber, shadowing forth
How the daemonic rage
Imagined everything.
Benighted travellers
From markets and from fairs
Have seen his midnight candle glimmering.

Two men have founded here. A man-at-arms
Gathered a score of horse and spent his days
In this tumultuous spot,
Where through long wars and sudden night alarms
His dwindling score and he seemed castaways
Forgetting and forgot;
And I, that after me
My bodily heirs may find,

---

54 ***Il Penseroso***　17世紀の詩人ミルトン(John Milton, 1608–1674)の瞑想詩(1631年頃)。詩人は平和、静寂、閑暇《かんか》、沈思の生活を願う。**61　A man-at-arms**　かつての塔の所有者。**62　horse**　集合的に「騎兵、騎馬隊」。

またしても流れを横切る。

螺旋《らせん》階段、丸天井の石の部屋、
広い炉床《ろどこ》のある灰いろの石の暖炉、
一本の蠟燭《ろうそく》、文字を書きつけたページ。
『沈思《ちんし》の人』のプラトン主義者も同じような
部屋で仕事に没頭し、魔性の狂熱に憑《つ》かれて
すべてを想像し、そのいきさつを
朧《おぼろ》ながらにもしろ表示しようとしたのか。
日暮れて、市場や縁日から
帰る人々が
真夜中に彼の灯火が瞬《またた》くのを見た。

二人の男がこの家を築いた。一人の騎士が
二十騎ほどの兵を集めて、この騒乱の
土地に生きた。
だが、いつまでも続く戦いと不意の夜襲とで、
減少してゆく部下たちと主人は世を忘れ、
世に忘れられ、世捨て人同然になった。
それから私が来た。このあと
わが血を引く子孫たちが、

To exalt a lonely mind,
Befitting emblems of adversity.

III

My Table

Two heavy trestles, and a board
Where Sato's gift, a changeless sword,
By pen and paper lies,
That it may moralise
My days out of their aimlessness.
A bit of an embroidered dress
Covers its wooden sheath.
Chaucer had not drawn breath
When it was forged. In Sato's house,
Curved like new moon, moon-luminous,
It lay five hundred years.
Yet if no change appears
No moon; only an aching heart
Conceives a changeless work of art.
Our learned men have urged
That when and where 'twas forged

72　Sato　佐藤淳造(1897-1981)。1920年3月、農商務省の役人としてアメリカに在勤中オレゴン州ポートランド市でイェイツの講演を聴いて感動、家伝来の銘刀を贈呈した。 **78　Chaucer**　Geoffrey Chaucer(1343頃-1400). イギリス中世の詩人。代表作に『カンタベリー物語』(*The Canterbury Tales*)。

孤独な精神を称揚するのにふさわしい
逆境の表象を見出すことができるようにだ。

III

私 の 机

二脚の重い架台《かだい》と、一枚の板、
ペンと紙、そばには
サトウから贈られた不滅の刀剣。
わが日々が漫然と過ぎてゆくのを正し、
訓戒を与えるためにそれはある。
刺繡《ししゅう》の縫い取りをした着物の端切《はぎ》れが
木の鞘《さや》を包んでいる。
この刀が鍛造《たんぞう》された時代にチョーサーは
まだ生れていなかった。サトウの家に、
三日月の曲線を描き、月の光を放ち、
五百年のあいだ秘蔵されてきた。
だが、変化なくして
月はない。疼《うず》く心だけが
不変の芸術作品を生み出すのだ。
学者たちの主張によれば、
これが鋳造《ちゅうぞう》された時代と場所にあっては、

A marvellous accomplishment,
In painting or in pottery, went
From father unto son
And through the centuries ran
And seemed unchanging like the sword.
Soul's beauty being most adored,
Men and their business took
The soul's unchanging look;
For the most rich inheritor,
Knowing that none could pass Heaven's door
That loved inferior art,
Had such an aching heart
That he, although a country's talk
For silken clothes and stately walk,
Had waking wits; it seemed
Juno's peacock screamed.

IV

My Descendants

Having inherited a vigorous mind
From my old fathers, I must nourish dreams

101-102　it seemed/Juno's peacock screamed　イェイツは孔雀の金切り声が一つの文明の崩壊と終末を予告すると言う(『ヴィジョン』)。

絵画や陶芸の
最高の技芸が、
父から息子へと
何世紀にもわたって伝わり、
この刀剣同様不変に思われたという。
魂の美がもっとも賛美されたから、
人とその仕事は
魂の不変不滅の様相を帯びた。
もっとも裕福な相続人は、
劣悪な芸術を愛した者が
天国の門にはいることはないと知って
激しく疼く心を抱いていたから、
絹の着物や堂々たる歩き振りとかが
土地の噂になっても、
頭はつねに鋭敏だった。ユーノーの
孔雀が金切り声で鳴いたかに見えたらしい。

IV

私の子孫

父祖から強健な精神を
受け継いだから、私は夢を養い、

And leave a woman and a man behind
As vigorous of mind, and yet it seems
Life scarce can cast a fragrance on the wind,
Scarce spread a glory to the morning beams,
But the torn petals strew the garden plot;
And there's but common greenness after that.

And what if my descendants lose the flower
Through natural declension of the soul,
Through too much business with the passing hour,
Through too much play, or marriage with a fool?
May this laborious stair and this stark tower
Become a roofless ruin that the owl
May build in the cracked masonry and cry
Her desolation to the desolate sky.

The Primum Mobile that fashioned us
Has made the very owls in circles move;
And I, that count myself most prosperous,
Seeing that love and friendship are enough,
For an old neighbour's friendship chose the house

---

105 a woman and a man 暗に娘Anne(1919年生れ)と息子Michael(1921年生れ)を指して。 **119 The Primum Mobile** 中世の天動説の用語。地球を中心として八つの透明な天球が回転しており、それぞれが遊星(太陽、月を含む)をかかえている。第九天に恒星、その外側にすべての原動力となる第十天があり、他の球体の回転を司る。梟の旋回飛翔もその影響によるとイェイツは考えている。 **123 For**

同じく強健な精神を女と男に
遺《のこ》さねばならないが、生命は
薫香《くんこう》を風にまき散らすことがなく、
朝の光を浴びて栄光を広めることもないらしい。
吹き落された花が庭に散っている。
あとには、ありふれた緑があるだけだ。

魂が自然に衰頽《すいたい》するままにまかせ、
移ろいゆく時間にかかずらいすぎ、
戯れることに心を奪われ、愚か者と結婚し、それゆえに
わが子孫が花を失ったとしても、それが何だ。
この入り組んだ階段と、この無骨な塔が、
屋根のない廃墟となれ。石造りの割目に梟《ふくろう》が巣を作り、
荒寥《こうりょう》とした空に向って
侘《わび》しい鳴き声を響かせろ。

私たちを創造した〈第十天〉はこの梟たちが
円を描いて飛ぶように仕向けた。
私は自分がほんとうに幸せな男だと考えるが、
愛と友情があれば足りると思い、
古い隣人への友情のゆえにこの家を選び、

---

an old neighbour's friendship　レイディ・グレゴリーへの友情のために。

And decked and altered it for a girl's love,
And know whatever flourish and decline
These stones remain their monument and mine.

V

The Road at My Door

An affable Irregular,
A heavily-built Falstaffian man,
Comes cracking jokes of civil war
As though to die by gunshot were
The finest play under the sun.

A brown Lieutenant and his men,
Half dressed in national uniform,
Stand at my door, and I complain
Of the foul weather, hail and rain,
A pear-tree broken by the storm.

I count those feathered balls of soot
The moor-hen guides upon the stream,
To silence the envy in my thought;

---

124 for a girl's love 妻に迎えたジョージー。結婚当時25歳。[32]の注を参照。 **127 An...Irregular** 反アイルランド政府派の兵。 **128 Falstaffian man** フォールスタッフはシェイクスピアの歴史劇『ヘンリー四世』、喜劇『ウィンザーの陽気な女房』に登場する大兵肥満で弁舌の達者な臆病者。ここは体形の特徴を指すのだろう。 **132 A brown Lieutenant** こちらは政府側か。当時の褐色の軍服を

一人の娘を愛するゆえに改築し飾りつけをした。
そうして知る、何が栄えようと廃《すた》れようと、
この石造りが彼女たちと私の記念の碑となることを。

V

私の扉のそばの道路

愛想のいい不正規兵、
どっしりしたフォールスタッフ風の男が、
内戦を種《たね》に冗談口を叩きながら来る。
鉄砲で撃たれて死ぬのが、この世で
いちばん面白いゲームででもあるかのように。

褐色の軍服を着た中尉と、半分だけ
軍服を着た部下たちが
戸口に立つ。私は
天気が悪い、霰《あられ》や雨が降る、
嵐で梨の木が折れた、と愚痴《ぐち》をこぼす。

私は心に巣食う嫉妬を鎮めるために、
雌の鷭《ばん》が流れの上を引き連れて游《およ》いでゆく
あの羽毛にくるまれた煤玉《すすだま》たちを数える。

着た将校と解する。「日に灼《や》けた」とする解釈もある。 **133　Half dressed**　自治権獲得直後で兵士たちの軍服が揃っていないのか。 **137　feathered balls of soot**　雛鳥《ひなどり》たち。

And turn towards my chamber, caught
In the cold snows of a dream.

VI

The Stare's Nest by My Window

The bees build in the crevices
Of loosening masonry, and there
The mother birds bring grubs and flies.
My wall is loosening; honey-bees,
Come build in the empty house of the stare.

We are closed in, and the key is turned
On our uncertainty; somewhere
A man is killed, or a house burned,
Yet no clear fact to be discerned:
Come build in the empty house of the stare.

A barricade of stone or of wood;
Some fourteen days of civil war;
Last night they trundled down the road
That dead young soldier in his blood:

---

146 the stare starling(椋鳥、ホシムクドリ)のアイルランド方言(イェイツ自注)。

それから冷たい夢の雪にとらわれて、
自分の部屋に戻る。

VI
私の窓のそばの椋鳥の巣

ゆるみかけた石壁の割目に
蜜蜂が巣を作る。あそこでは
母鳥たちが地虫や蠅《はえ》を運んでいる。
私の壁はゆるみかけている。蜜蜂よ、
ここに来て、椋鳥《むくどり》の空家に巣を作れ。

私たちは閉じこめられた。私たちの
不安に鍵がかけられた。どこかで
男が殺される。家が焼かれる。
だが確かな事実はわからない。
ここに来て、椋鳥の空家に巣を作れ。

石や木で組んだバリケード、
内戦の十四日間、昨夜、彼らは
あの血まみれの若い兵士の死骸を
手押車に載せて道ぞいに運んで行った。

Come build in the empty house of the stare.

We had fed the heart on fantasies,
The heart's grown brutal from the fare;
More substance in our enmities
Than in our love; O honey-bees,
Come build in the empty house of the stare.

VII

I see Phantoms of Hatred and of the Heart's Fullness and of the Coming Emptiness

I climb to the tower-top and lean upon broken stone,
A mist that is like blown snow is sweeping over all,
Valley, river, and elms, under the light of a moon
That seems unlike itself, that seems unchangeable,
A glittering sword out of the east. A puff of wind
And those white glimmering fragments of the mist sweep by.
Frenzies bewilder, reveries perturb the mind;
Monstrous familiar images swim to the mind's eye.

ここに来て、椋鳥の空家に巣を作れ。

私たちは幻想を食って心を養ってきた。
食い物のせいで心が残忍になった。
愛よりも、敵意のほうに
実質がある。ああ、蜜蜂よ、
ここに来て、椋鳥の空家に巣を作れ。

VII

私は憎しみや心の充足や
来るべき空虚の幻影を見る

私は塔の上に出て、崩れた石にもたれる。
月光の下で、風に吹き流される雪のように、
霧がすべてを、谷や、川や、楡の木々を覆う。
この月はいつもの月と違って、不変の存在のようだ。
東洋伝来の刀のように輝いている。一陣の風が吹き、
この白い仄《ほの》光る霧がちぎれちぎれに
　　　　　　　　　　　　流れてゆく。
狂乱が心を惑わせ、妄想が心を掻き乱す。
おどろしくも見慣れた幻像が心の目に浮ぶ。

'Vengeance upon the murderers,' the cry goes up,
'Vengeance for Jacques Molay.' In cloud-pale rags, or in lace,
The rage-driven, rage-tormented, and rage-hungry troop,
Trooper belabouring trooper, biting at arm or at face,
Plunges towards nothing, arms and fingers spreading wide
For the embrace of nothing; and I, my wits astray
Because of all that senseless tumult, all but cried
For vengeance on the murderers of Jacques Molay.

Their legs long, delicate and slender, aquamarine their eyes,
Magical unicorns bear ladies on their backs.
The ladies close their musing eyes. No prophecies,
Remembered out of Babylonian almanacs,
Have closed the ladies' eyes, their minds are but a pool
Where even longing drowns under its own excess;
Nothing but stillness can remain when hearts are full

171　Jacques Molay　強大な権力と富を誇った聖堂騎士団の長(1243頃-1314)。フランス王フィリップ四世と教皇クレメンス五世に謀《はか》られて捕えられ、異端の罪を着せられ火刑に処せられた。彼を殺害した者らに復讐せよという叫びは「憎しみを抱いて画策する者らや、あらゆる種類の不毛に対する適切な象徴だと思う」(イェイツ自注)。
179　unicorns　伝説上の動物、馬の大きさ、白い胴、紫の頭、青い

「殺人者に復讐《ふくしゅう》しろ」叫びが湧く。
「ジャック・モレーの仇《あだ》を討て」蒼白な雲の襤褸《らんる》や
薄布をまとい、
憤怒に駆られ、憤怒に苛まれ、憤怒に飢えた
一隊の叫び。
兵士と兵士が殴り合い、腕や顔に噛みつき、
空無に向って突き進み、腕や指を大きく
広げて
空無を掻き抱こうとする。私はこのたわけた乱闘に
巻きこまれて正気を失い、ほとんど
ジャック・モレーを殺したやつらに復讐しろと叫びかける。

長い、優雅な、細い脚に、アクアマリンの
目をした、
魔術的な一角獣どもが婦人たちを背に乗せている。
婦人たちは物思わしげな目を閉じる。バビロニアの暦に
記された予言を思って目を閉じたのではない、
彼女たちの心は淵《ふち》にすぎぬ。願望でさえもがおのれの重さに
耐えかねて
沈んで行く淵にすぎぬ。心がおのれの甘美に満ち満ち、
肉体がおのれの愛らしさに浸《ひた》るなら、

目、頭上に約30センチメートルの長さの角《つの》。気性は荒いが乙女にはなつく。 181 Babylonian almanacs 古代メソポタミア地方で用いられた太陰暦。

Of their own sweetness, bodies of their loveliness.

The cloud-pale unicorns, the eyes of aquamarine,
The quivering half-closed eyelids, the rags of cloud or of lace,
Or eyes that rage has brightened, arms it has made lean,
Give place to an indifferent multitude, give place
To brazen hawks. Nor self-delighting reverie,
Nor hate of what's to come, nor pity for what's gone,
Nothing but grip of claw, and the eye's complacency,
The innumerable clanging wings that have put out the moon.

I turn away and shut the door, and on the stair
Wonder how many times I could have proved my worth
In something that all others understand or share;
But O! ambitious heart, had such a proof drawn forth

静寂のほかには何ものもここに留まることはできない。

蒼白な雲の一角獣たち、アクアマリンの目、
閉じかけたままで震える目蓋、雲の襤褸や
薄布、
また、憤怒に輝く目、憤怒に
痩せ細った腕、
このものらは非情の大群に呑みこまれ、代って
真鍮《しんちゅう》の鷹どもが現れる。もはやおのれを歓ばせる幻想も、
未来への憎しみも、過ぎしものへの
愛惜《あいせき》の情もない。
あるのはただ鉤爪《かぎづめ》の把握の力、したりげな目つき、
月を掻き消す無数の騒がしい翼の音
だけだ。

私は踵《きびす》を返し、扉を閉め、階段の上で
思いをめぐらせる、人が理解し分ち合う
仕事に
どれだけ役に立ってきたのか、と。
だが、ああ、心は高望みする。私の
働きが

A company of friends, a conscience set at ease,
It had but made us pine the more. The abstract joy,
The half-read wisdom of daemonic images,
Suffice the ageing man as once the growing boy.

1923

何人かの仲間を集めて、気休めにはなったにしろ、
心はなお多くを望むだけだ。抽象の歓びがあれば、
読み解き切れぬ魔術の幻像の知《ち》慧《え》があれば、それで足りる、
かつての育ち盛りの少年にも、いまの老いゆく男にも。

1923 年

[36]　Nineteen Hundred and Nineteen

I

Many ingenious lovely things are gone
That seemed sheer miracle to the multitude,
Protected from the circle of the moon
That pitches common things about. There stood
Amid the ornamental bronze and stone
An ancient image made of olive wood—
And gone are Phidias' famous ivories
And all the golden grasshoppers and bees.

We too had many pretty toys when young:
A law indifferent to blame or praise,
To bribe or threat; habits that made old wrong
Melt down, as it were wax in the sun's rays;
Public opinion ripening for so long
We thought it would outlive all future days.
O what fine thought we had because we thought

---

[36]　1921年9月 *The Dial* 誌初出。詩集 *The Tower* (London, 1928) に収録。1919年1月から1921年7月までイギリスに対する武力抗争が続いた。この戦いもこの詩が書かれた時期も[35]より以前のことだが、旧版『全詩集』に収録された順に従う。 **3　the circle of the moon**　月の描く軌道の下にあるものは変転し衰亡する。[34]の156行目の Translunar の注を参照。 **6　An ancient image made of**

［36］ 一九一九年

I

多くの精妙で愛すべきものが消えた。
大衆の目にはまさしく奇蹟と見えたもの、
通俗な事物をまき散らす月の
軌道からは守られていると見えたものが消えた。
あそこには、ブロンズや石の装飾に囲まれて
オリーヴの木で作った古い像が立っていた——
フェイディアスの有名な象牙細工も消えた。
黄金のキリギリスも蜜蜂もみんな消えた。

私らの若いころにも綺麗な玩具がたくさんあった。
非難や称賛も、賄賂《わいろ》や脅迫も
相手にしない法律とか、積年の悪などは
陽光に曝《さら》された蠟《ろう》のように溶かし去る習俗とか。
長い歳月をかけて熟成してきた世論は
どんな未来の日々を迎えても生き残ると思ったが。
ああ、私らはなんと意気高らかであったか。最低の

---

olive wood　古代アテナイの神殿に女神アテネのオリーヴ彫刻像があった。 **7**　**Phidias**　前５世紀アテナイの彫刻家。

That the worst rogues and rascals had died out.

All teeth were drawn, all ancient tricks unlearned,
And a great army but a showy thing;
What matter that no cannon had been turned
Into a ploughshare? Parliament and king
Thought that unless a little powder burned
The trumpeters might burst with trumpeting
And yet it lack all glory; and perchance
The guardsmen's drowsy chargers would not prance.

Now days are dragon-ridden, the nightmare
Rides upon sleep: a drunken soldiery
Can leave the mother, murdered at her door,
To crawl in her own blood, and go scot-free;
The night can sweat with terror as before
We pieced our thoughts into philosophy,
And planned to bring the world under a rule,
Who are but weasels fighting in a hole.

He who can read the signs nor sink unmanned

19–20　What matter that...a ploughshare?　旧約「イザヤ書」に「彼らは剣《つるぎ》を打ち直して鋤とし槍を打ち直して鎌とする。国は国に向かって剣を上げずもはや戦うことを学ばない」(2・4)とある。

悪党や無頼《ぶらい》はもう死に絶えたと思ったから。

どの歯も抜かれた。昔の策略はどれも記憶から消された。
大いなる軍隊にしてもただの派手やかな見世物だ。
大砲が鋤《すき》に鋳直されなかったとて
それが何だ？　議会と国王は、多少の
火薬を燃やしてやらなければ、ラッパ手が
胸はり裂けるまでラッパを吹き鳴らしても、
華《はな》に欠けると考えたのだ。それに、たぶん、
近衛兵《このえへい》の眠たげな乗馬も威勢よく進みはすまい、と。

いま、日々は龍に虐げられ、悪夢が
眠りを乗りまわす。酔《よ》い痴《し》れた兵士らが
戸口の母親を殺して、血溜《ちだま》りにのたうつのを
打ち捨てたまま、平然と去って行く。
夜は以前と同じように恐怖におびえて汗をかく、
かつて私らが思索をつなぎ合せて哲学を作り、
世界を一つの規範に従わせようとしていたときのように。
その私らも穴のなかで喧嘩する鼬《いたち》にすぎぬ。

徴《しるし》を読むことのできる者、浅薄な知慧《ちえ》ゆえに

Into the half-deceit of some intoxicant
From shallow wits; who knows no work can stand,
Whether health, wealth or peace of mind were spent
On master-work of intellect or hand,
No honour leave its mighty monument,
Has but one comfort left: all triumph would
But break upon his ghostly solitude.

But is there any comfort to be found?
Man is in love and loves what vanishes,
What more is there to say? That country round
None dared admit, if such a thought were his,
Incendiary or bigot could be found
To burn that stump on the Acropolis,
Or break in bits the famous ivories
Or traffic in the grasshoppers or bees.

II

When Loie Fuller's Chinese dancers enwound
A shining web, a floating ribbon of cloth,
It seemed that a dragon of air

---

43 That country round　「あの国のどこででも」。国は都市国家アテナイ。 **46 that stump**　前出のオリーヴの木のアテネ像。 **49 Loie Fuller**　アメリカ人の舞踊家で女優(1862–1928)。舞踊団をつくり世紀末パリのカフェ「フォリー・ベルジェール」で踊った。

酒や麻薬にすがって自己欺瞞《じこぎまん》に
おちいりもせず、どんな仕事も
永続することはないと知る者、知力や手の傑作を創るのに
健康や、富や、心の平安を費やしても、
どんな栄誉も強大な記念碑を遺《のこ》してはくれぬと知る者に
一つの慰めが残っている。あらゆる勝利は
おのれの魂の孤立に打ち寄せて砕け散るだけのこと。

だが、何か慰めになるものはあるのか。
人は愛に生きて、消滅するものを愛するのだ。
ほかに何を言うことがある? あの国の人は
心に思ってはいても、あえて認めはしなかった、
火付け魔や偏屈者がアクロポリスの棒杭《ぼうぐい》を
燃やすとか、人に知られた象牙細工を
打ち砕くとか、キリギリスや蜜蜂の細工物を
密売するとか、そんな事態が生じるなどということを。

II

ロイ・フラーの率いる中国の踊り子たちが、輝く
織布を、ひるがえる布のリボンを、巻き収めると、
まるで空を行く龍が

Had fallen among dancers, had whirled them round
Or hurried them off on its own furious path;
So the Platonic Year
Whirls out new right and wrong,
Whirls in the old instead;
All men are dancers and their tread
Goes to the barbarous clangour of a gong.

III

Some moralist or mythological poet
Compares the solitary soul to a swan;
I am satisfied with that,
Satisfied if a troubled mirror show it,
Before that brief gleam of its life be gone,
An image of its state;
The wings half spread for flight,
The breast thrust out in pride
Whether to play, or to ride
Those winds that clamour of approaching night.

A man in his own secret meditation

---

54 the Platonic Year 通常約25800年。Great Year とも言う。歳差運動が一巡する周期。全星座が本来の位置に戻るまでの歳月、とイェイツは捉えている(『ヴィジョン』)。 **59 Some moralist or mythogical poet** ロマン派の詩人シェリー(P. B. Shelley, 1792-1822)が『解き放たれたプロメテウス』(*Prometheus Unbound*, 1820)のなかで。

踊り子たちのなかに降り立ち、彼女らを巻きこみ、
おのれの憤怒の道を追い立てて行くかに見えた。
プラトン年もこれと同じ、
渦を巻いて新しい善と悪を追い出し、
代りに古い善と悪を巻きこむ。
すべての人間が踊り手だ。野蛮な銅鑼《どら》の
響きに操られて足を動かす。

III

どこかのモラリストだか神話好きの詩人だかが
孤独な魂を白鳥になぞらえた。
私はこの譬《たと》えが気に入っている、
もし、生命の短い輝きが消えるまえに
波立つ鏡がその姿を、
その状態の映像を見せてくれるならば。
飛び立たんとしてなかば翼を広げ、
誇らしく胸を突き出す姿は、
迫《せま》り来る夜を告げて叫喚《きょうかん》する風に
戯れようとしてか、乗ろうとしてか。

男がおのれのひそやかな瞑想に閉じこもるなら、

Is lost amid the labyrinth that he has made
In art or politics;
Some Platonist affirms that in the station
Where we should cast off body and trade
The ancient habit sticks,
And that if our works could
But vanish with our breath
That were a lucky death,
For triumph can but mar our solitude.

The swan has leaped into the desolate heaven:
That image can bring wildness, bring a rage
To end all things, to end
What my laborious life imagined, even
The half-imagined, the half-written page;
O but we dreamed to mend
Whatever mischief seemed
To afflict mankind, but now
That winds of winter blow
Learn that we were crack-pated when we dreamed.

72　Some Platonist　Thomas Taylor(1758-1835)を指すとする説がある。テイラーにはプロティノス、ポルピュリオスら新プラトン主義哲学者の翻訳がある。 **the station** 「立つ場所」だが、文脈から見てキリスト十字架の道行きの「留」を連想させる。ことに第十留「イエズス衣《ころも》をはがれたもう」(「十字架の道行の祈」より)。詩では人が肉体の衣を脱ぎ捨てる場所。 **74　habit** 「慣習」の意味をかけているか

みずからが芸術や政治のなかに
作りだした迷路に迷いこみ道を見失う。
どこかのプラトン主義者が断言している、
私らが肉体や生業《なりわい》を脱ぎ捨てるべき留《りゅう》に来ても
古い衣《ころも》はまつわりついて離れがたい、と。
私らの仕事が
息といっしょに消えてくれるなら、
それは幸福な死と言えよう、
功業は私らの孤独を邪魔するだけだから、と。

白鳥は飛び立って荒寥《こうりょう》とした天に消えた。
あの幻像は錯乱をもたらす。あらゆるものを
始末しよう、刻苦《こっく》の生活が想像したものを、いや、
想像しかけたものを、書きかけのページをさえも
始末しようという激情をもたらす。
ああ、私たちは人間を迫害する
あらゆる災厄をことごとく
正してやろうと夢見ていた。だが、
冬の風が吹きつのる今となって私らは思い知る、
夢を見たのは頭がどうかしていたからだと。

もしれない。

IV

We, who seven years ago
Talked of honour and of truth,
Shriek with pleasure if we show
The weasel's twist, the weasel's tooth.

V

Come let us mock at the great
That had such burdens on the mind
And toiled so hard and late
To leave some monument behind,
Nor thought of the levelling wind.

Come let us mock at the wise;
With all those calendars whereon
They fixed old aching eyes,
They never saw how seasons run,
And now but gape at the sun.

Come let us mock at the good

IV

七年前、私らは名誉と
真実について語った。だが今は
鼬《いたち》のようにもがき、鼬の歯を向き出し、
喜んで金切り声をあげる。

V

来い、お偉がたを笑ってやれ、
心にあれほどの重荷を背負い、
夜更けまで懸命に働いて
なにかの記念碑を遺そうとしたが、
すべてを薙《な》ぎ倒す風に思い及ばなかった。

来い、賢人さんがたを笑ってやれ、
痛む老いの目をこらして
暦という暦を調べつくしたが、
時勢がどう移り変るかを見抜けなかった。
今はぼんやり口をあけて太陽を見るばかり。

来い、善人さんがたを笑ってやれ、

That fancied goodness might be gay,
And sick of solitude
Might proclaim a holiday:
Wind shrieked—and where are they?

Mock mockers after that
That would not lift a hand maybe
To help good, wise or great
To bar that foul storm out, for we
Traffic in mockery.

VI

Violence upon the roads: violence of horses;
Some few have handsome riders, are garlanded
On delicate sensitive ear or tossing mane,
But wearied running round and round in their courses
All break and vanish, and evil gathers head:
Herodias' daughters have returned again,
A sudden blast of dusty wind and after
Thunder of feet, tumult of images,

---

118 Herodias' daughters イェイツによれば、「妖精たちは渦巻く風に乗って旅をする。この風は中世にはヘロデヤの娘たちと呼ばれていた。ヘロデヤは明らかに古代の女神にとって代ったものであろう」。ヘロデヤはユダヤのヘロデ王の妃でサロメの母。洗礼者ヨハネの殺害を画策した(新約「マルコ伝」6)。

善なるものは陽気だと思いこみ、
孤独には飽きた、もう祭日にしても
よかろうと思ったのに、風が
金切り声をあげた——彼らは今どこにいる？

そのあとで嘲笑する者らを笑ってやれ、
善人さんや、賢人さんや、お偉がたを助けるために、
指一本あげようとしなかったこいつらを、
あの激しい嵐を閉め出そうとしなかったこいつらを。
私らの商売は嘲笑することだからな。

VI

暴力が道に解き放たれた、奔馬の暴力が。
何頭かにはりっぱな乗り手がまたがっていて、
優しい敏感な耳や揺れるたてがみに花輪をかけている。
だがコースをぐるぐる回るのに疲れ果て、
みんな
散りぢりに消え、邪悪が力を増してくる。
ヘロデヤの娘らがまた戻って来た。
突風が埃《ほこり》を舞いあげて吹き過ぎる。それから
雷鳴のような足音、入り乱れる幻像、

Their purpose in the labyrinth of the wind;
And should some crazy hand dare touch a daughter
All turn with amorous cries, or angry cries,
According to the wind, for all are blind.
But now wind drops, dust settles; thereupon
There lurches past, his great eyes without thought
Under the shadow of stupid straw-pale locks,
That insolent fiend Robert Artisson
To whom the love-lorn Lady Kyteler brought
Bronzed peacock feathers, red combs of her cocks.

1919

128　Robert Artisson　14 世紀初頭の夢魔。夢に現れて女を犯す。次行の Lady Kyteler も 14 世紀の魔女でアーティソンの情婦。いずれも当時の記録などによるものという。

風の迷路のなかで彼女らが目ざすもの。
狂気じみた手が娘の一人に触れようものなら、
皆が振り向き、風に応じて
愛欲の叫びや怒りの叫びをあげる。誰もが盲《めし》いている。
だがいま風が止《や》む。埃が収まる。すると
愚かしげな薄黄いろの捲毛《まきげ》の陰から
空ろな目を大きく見開いて、あの傲岸《ごうがん》な
悪魔ロバート・アーティソンがよろよろと通り過ぎる。
恋に苦しむレイディ・カイトラーが青銅いろの孔雀《くじゃく》の羽根と
雄鶏の赤いとさかをこいつに届けたのだが。

1919年

[37] Leda and the Swan

A sudden blow: the great wings beating still
Above the staggering girl, her thighs caressed
By the dark webs, her nape caught in his bill,
He holds her helpless breast upon his breast.

How can those terrified vague fingers push
The feathered glory from her loosening thighs?
And how can body, laid in that white rush,
But feel the strange heart beating where it lies?

A shudder in the loins engenders there
The broken wall, the burning roof and tower
And Agamemnon dead.
　　　　　　　　　　Being so caught up,
So mastered by the brute blood of the air,
Did she put on his knowledge with his power
Before the indifferent beak could let her drop?

---

[37] 1924年6月 *The Dial* 誌初出。1923年執筆。詩集 *The Tower* (London, 1928)に収録。主題はギリシア神話から。白鳥に姿を変えたゼウスがレダを襲って二個の卵を産ませる。これらからヘレネとクリュタイメストラの姉妹が、またポリュデウケスとカストルの兄弟が生れた。このうちヘレネはトロイア戦争の原因をつくり、クリュタイメストラはこの戦いに勝って帰国したギリシア側の総大将で夫のアガメ

[37]　レダと白鳥

とつぜんの羽音。よろめく娘の頭上で大いなる翼が
まだ羽《は》搏《ばた》いている。娘の太腿《ふともも》は黒い水《みず》掻《か》きに
愛撫され、うなじは嘴《くちばし》にくわえられた。
なすすべを知らぬ娘の胸を白鳥は胸に抱く。

恐怖におののき、力を失ったあの指がどうして
弛《ゆる》みかけた太腿から羽毛の栄光を押しのけられるか？
あの白い攻撃にさらされた肉体は、鳥の胸に脈打つ
異様な心臓を感じ取るほかにどうしようがある？

腰が痙攣《けいれん》して、産み落したのは
崩れ落ちる城壁、燃えさかる屋根と塔、
アガメムノンの死。
　　　　　　　　　　　こうしてつかみ上げられ、
空を行く野鳥の血に征服され、
娘は鳥の力だけでなくその知識も手に入れたか、
非情な嘴が彼女を解き放つまえに？

ムノンを情夫と共に謀殺した。

[38]　Among School Children

I

I walk through the long schoolroom questioning;
A kind old nun in a white hood replies;
The children learn to cipher and to sing,
To study reading-books and history,
To cut and sew, be neat in everything
In the best modern way—the children's eyes
In momentary wonder stare upon
A sixty-year-old smiling public man.

II

I dream of a Ledaean body, bent
Above a sinking fire, a tale that she
Told of a harsh reproof, or trivial event
That changed some childish day to tragedy—
Told, and it seemed that our two natures blent
Into a sphere from youthful sympathy,

---

[38]　1927年8月 *The Dial* 誌初出。詩集 *The Tower*(London, 1928)に収録。 4　**history**　『集注版』による訂正。旧版『全詩集』では韻を合わせて histories としてある。 8　**A sixty-year-old smiling public man**　イェイツは1922年にアイルランド自由国の上院議員に選出された。この詩は公人として学校を視察したときの感懐。 9　**Ledaean body**　レダ(またはその娘ヘレネ)を思わせる姿。 **13-14**

[38] 小学生たちのなかで

I

私は長い教室を歩きながら質問する。
白い頭巾《ずきん》の老いた尼僧《にそう》が丁寧に答える。
子供らは数の足し引きや、歌や、
読本《とくほん》の読み方や、歴史や、
裁ち方や縫い方を教わり、すべて
最新のやり方で整えることを学びます。
にこやかに微笑む六十歳の議員さんを
子供らの目が、一瞬、いぶかしげに見あげる。

II

私は心に思う、消えかけた火の上に屈《かが》む
レダの体を、彼女が語った
つらい叱責《しっせき》の話を、子供の一日を
悲劇に変えた小さな出来事を――
語って、二人の本性は若さゆえの共感から
融合し、一つの球体となった。

---

our two natures blent/Into a sphere　形而上派詩人ダン(John Donne, 1572-1631)の詩 'The Ecstasy' は、並んで土手に寝そべる男女の魂が肉体を抜け出して中空で合体融合し、精錬され、ふたたび別れてそれぞれの肉体へ戻る、と歌う。

Or else, to alter Plato's parable,
Into the yolk and white of the one shell.

III

And thinking of that fit of grief or rage
I look upon one child or t'other there
And wonder if she stood so at that age—
For even daughters of the swan can share
Something of every paddler's heritage—
And had that colour upon cheek or hair,
And thereupon my heart is driven wild:
She stands before me as a living child.

IV

Her present image floats into the mind—
Did Quattrocento finger fashion it
Hollow of cheek as though it drank the wind
And took a mess of shadows for its meat?
And I though never of Ledaean kind
Had pretty plumage once—enough of that,
Better to smile on all that smile, and show

---

15 Plato's parable 対話篇『饗宴』にある。人間はもともと男女両性を合せ持つ球体であったが、ゼウスがこれを「ゆで卵を髪で切るように」二つに切り分けた。以後それぞれが自分の半身を求めて合体しようとする。 **20 daughters of the swan** 白鳥に変身したゼウスがレダに生ませた娘たち。高貴な美女。 **26 Quattrocento** イタリア語。15世紀(1400年代)イタリアの美術・文芸について記述するとき

あるいは、プラトンの寓話を変えて言えば、
一つの卵の黄身と白身になった。

III

私はあの悲しみや怒りの発作を思い起し、
そこにいる子やあそこの子をながめ、
彼女もこの年頃にはこんなふうだったかと
思い——白鳥の娘でも、その辺の水鳥と
同じ血をいくぶんかは分ち合うことがある——
頬《ほほ》や髪の色もああだったかと考え、
たちまち心は狂おしく錯乱する。彼女が
生身《なまみ》の子供となって目の前に立っている。

IV

現在の彼女の像が心に浮ぶ——
十五世紀イタリアの指がこれを作ったのか、
痩せこけた頬は、風を飲み、
食事代りに影を食べたかのよう。
私はレダ一族の一人ではないが、それでも
昔はきれいな羽根をしていた——まあいい、
いまは微笑むみんなに笑みを返して、気安い

に使う。

There is a comfortable kind of old scarecrow.

V

What youthful mother, a shape upon her lap
Honey of generation had betrayed,
And that must sleep, shriek, struggle to escape
As recollection or the drug decide,
Would think her son, did she but see that shape
With sixty or more winters on its head,
A compensation for the pang of his birth,
Or the uncertainty of his setting forth?

VI

Plato thought nature but a spume that plays
Upon a ghostly paradigm of things;
Solider Aristotle played the taws
Upon the bottom of a king of kings;
World-famous golden-thighed Pythagoras
Fingered upon a fiddle-stick or strings
What a star sang and careless Muses heard:
Old clothes upon old sticks to scare a bird.

34　Honey of generation　3世紀の新プラトン主義哲学者ポルピュリオスは『オデュッセイア』第13歌のニンフたちの洞窟の描写を解釈して、蜂蜜が浄化作用、性交願望、生成の歓びを表すとした(トマス・テイラーの英訳による)。 **36　recollection**　前世の記憶。 **41　Plato**　プラトンはイデアが真の実在で、自然の事物はその模像にすぎないと考え両者を峻別《しゅんべつ》した。 **42　paradigm**　形相《けいそう》(form)と同義

老いぼれ案山子《かかし》もいることを見せてやろう。

V

生殖の蜜がこの世におびき出した形、
記憶や薬の作用のままに
眠り、泣き叫び、逃げ出そうとするものを
膝に抱く若い母親が、どんな母親であれ、
わが息子が、この形が、六十年を、いや、
さらなる歳月を経て、白髪を頭にいただく
姿になり果てるのを見たら、出産の苦しみや、
この世に出すときの不安を償ってくれると思うか？

VI

プラトンは自然が、事物の幻影ともいうべき
範例《はんれい》に戯れかかる泡にすぎないと見た。
もっと堅実なアリストテレスは
王の中の王の尻を鞭《むち》でぶった。
人も知る黄金の腿《もも》したピュタゴラスは、
ヴァイオリンの弓や弦をひねくって、星が歌い、
無頓着な〈詩の女神〉が聞いた調べを奏《かな》でた。
棒切れに引っかけた古着が鳥を脅かそうというのだ。

のつもり。 **43 Solider Aristotle** アリストテレスはアレクサンドロス大王の少年時代に家庭教師を務めた。事物は形相の可能態であると見なして両者を結びつけたから、少年の尻を鞭打って矯正することもあり得たろう。 **45 golden-thighed Pythagoras** ピュタゴラスは弦の長さに応じて協和音程が得られることを発見し、また地球を中心として回転するいくつもの天球が美しい音楽を奏《かな》でていると考えた。

VII

Both nuns and mothers worship images,
But those the candles light are not as those
That animate a mother's reveries,
But keep a marble or a bronze repose.
And yet they too break hearts—O Presences
That passion, piety or affection knows,
And that all heavenly glory symbolise—
O self-born mockers of man's enterprise;

VIII

Labour is blossoming or dancing where
The body is not bruised to pleasure soul,
Nor beauty born out of its own despair,
Nor blear-eyed wisdom out of midnight oil.
O chestnut-tree, great-rooted blossomer,
Are you the leaf, the blossom or the bole?
O body swayed to music, O brightening glance,
How can we know the dancer from the dance?

当時は神格化されて黄金の腿を持つと伝えられていた。 **49 images** 尼僧は幼児イエス・キリストを、母親は自分の赤児を。 **53 Presences** 至高の存在者たち。イェイツは特定の神に呼びかけるのを避ける。 **54** That は53行目の Presences にかかる関係詞の目的格。55行目の that も同じく関係詞だが、こちらは主格。 **61 chestnut-tree** horse chestnut とする説をとる。

VII

尼僧も母親も幻像を崇拝する。
だが蠟燭《ろうそく》に照らされる像は、母親の
思いに生気を吹きこむ像とは違って、大理石や
ブロンズの静謐《せいひつ》をたもつ。だが、これらの像も
人を悲嘆に陥れるのだ――おお、〈存在者たち〉よ、
情熱と、信仰と、情愛とが認め、
天の栄光の一切を象徴するものよ、おのずから
現前して、人間の営みを嘲笑するものよ。

VIII

魂を喜ばせるために肉体が傷つくのではなく、
おのれに対する絶望から美が生れるのではなく、
真夜中の灯油からかすみ目の知慧《ちえ》が生れるのでもない、
そんな場所で、労働は花ひらき踊るのだ。
おお、橡《とち》の木よ、大いなる根を張り花を咲かせるものよ、
おまえは葉か、花か、それとも幹か。
おお、音楽に揺れ動く肉体よ、おお、輝く眼《まな》ざしよ、
どうして踊り手と踊りを分つことができようか。

［39］ In Memory of Eva Gore-Booth and Con Markiewicz

I

The light of evening, Lissadell,
Great windows open to the south,
Two girls in silk kimonos, both
Beautiful, one a gazelle.
But a raving autumn shears
Blossom from the summer's wreath;
The older is condemned to death,
Pardoned, drags out lonely years
Conspiring among the ignorant.
I know not what the younger dreams—
Some vague Utopia—and she seems,
When withered old and skeleton-gaunt,
An image of such politics.
Many a time I think to seek
One or the other out and speak

---

[39]　詩集 *The Winding Stair* (New York, 1929)初出。『集注版』にならって二つの段落にⅠ、Ⅱの番号を付した。アングロ・アイリッシュの大地主 Gore-Booth を父としてスライゴー州の宏壮《こうそう》な館《やかた》リサデルに育った姉妹の思い出。二人とも豊かな生活を捨てた。姉の Constance (1868–1927) はパリでポーランドの亡命貴族と結婚したが、別居してアイルランド独立運動に身を投じ、復活祭蜂起に参加、一旦は

[39] イヴァ・ゴア=ブースと コン・マーキエウィッツの思い出に

I

夕べの明りがリサデルを浸《ひた》し、
大きな窓が南に開いて、
絹のキモノを着た二人の娘がいる。
二人とも美しい。一人はまるで羚羊《かもしか》だ。
しかし錯乱する秋が
夏の花輪の花をつみとる。
姉のほうは死刑を宣告された。
許されたが、無《む》知《ち》蒙昧《もうまい》のやからと
陰謀をたくらみ、侘《わび》しい余生を送っている。
妹のほうが何を夢みているのかは知らない——
何か漠然としたユートピアか——彼女が
老いしなびて骸骨《がいこつ》のように痩せた姿は
まるであのいう政治の化身だ。
私は二人のどちらかを見つけ出して、
あの古いジョージ朝風の屋敷の話をしたい

死刑を宣告された([30]を参照)。自治権獲得後は自由国議会議員。妹のEva(1870-1926)はイギリスの工業都市マンチェスターに移住して婦人労働者の権利確立のために働き、組合を組織したが過労で死んだ。彼女は詩人でもあった。

Of that old Georgian mansion, mix
Pictures of the mind, recall
That table and the talk of youth,
Two girls in silk kimonos, both
Beautiful, one a gazelle.

II

Dear shadows, now you know it all,
All the folly of a fight
With a common wrong or right.
The innocent and the beautiful
Have no enemy but time;
Arise and bid me strike a match
And strike another till time catch;
Should the conflagration climb,
Run till all the sages know.
We the great gazebo built,
They convicted us of guilt;
Bid me strike a match and blow.

October 1927

---

16 Georgian mansion　ジョージ一世から四世にかけての時代(1714-1830年)に造られた(あるいはその時代を思わせる)古典主義様式の建築。

と思うことがよくある。私は
心の絵の数々を混ぜ合せる。あのテーブルと
青春のおしゃべりを思い出す。そうして
絹のキモノを着た二人の娘を。どちらも
美しい。一人は羚羊だ。

II

懐かしい影たちよ、あなた方はもう
おおやけの悪や正義などと戦うのが
どんなに馬鹿げているかよく御存じだ。
清純な人や美しい人の敵は
時間のほかにはないのだよ。
さあ、立って命じておくれ、マッチをすれと、
時間に火がつくまでマッチをすり続けろと。
もしも大火事になったら
駆けずりまわってあらゆる賢者たちに知らせろと。
私らが大いなる展望楼を建築した。
あの人たちが私らに罪を着せた。
命じておくれ、マッチをすれと、火を吹けと。

1927年10月

[40]　A Dialogue of Self and Soul

I

My Soul.　I summon to the winding ancient stair;
Set all your mind upon the steep ascent,
Upon the broken, crumbling battlement,
Upon the breathless starlit air,
Upon the star that marks the hidden pole;
Fix every wandering thought upon
That quarter where all thought is done:
Who can distinguish darkness from the soul?

My Self.　The consecrated blade upon my knees
Is Sato's ancient blade, still as it was,
Still razor-keen, still like a looking-glass
Unspotted by the centuries;
That flowering, silken, old embroidery, torn
From some court-lady's dress and round
The wooden scabbard bound and wound,

---

[40]　詩集 *The Winding Stair* (New York, 1929)に初出。 **10　Sato's ancient blade**　佐藤淳造に寄贈された日本刀。[35]の III を参照。

［40］ 自我と魂の対話

I

私の魂　この古い螺旋《らせん》階段に出て来い。
けわしい昇り勾配《こうばい》におまえの全精神を集中しろ、
それから割れて崩れかけた狭間《はざま》胸壁《きょうへき》に、
ひっそりと静まり返った星明りの空に、
隠された極を指すあの星に。
さまよいがちな思考のいっさいを
あらゆる思考の尽きるあの方位に凝縮させろ。
そのとき暗黒と魂を識別できる者がいるか？

私の自我　おれの膝の上の聖別された刀は
サトウの古い刀だ。いまも昔のままである。いまも
剃刀《かみそり》の鋭利を保っている。何世紀かを経たが、
曇りのないことはなお鏡のようだ。
花模様をあしらったあの古い絹の刺繍《ししゅう》は、
誰か宮廷の貴婦人の着物を裂いて
木の鞘《さや》にぐるりぐるりと巻いたものだが、裂けても

Can, tattered, still protect, faded adorn.

My Soul. Why should the imagination of a man
Long past his prime remember things that are
Emblematical of love and war?
Think of ancestral night that can,
If but imagination scorn the earth
And intellect its wandering
To this and that and t'other thing,
Deliver from the crime of death and birth.

My Self. Montashigi, third of his family, fashioned it
Five hundred years ago, about it lie
Flowers from I know not what embroidery—
Heart's purple—and all these I set
For emblems of the day against the tower
Emblematical of the night,
And claim as by a soldier's right
A charter to commit the crime once more.

My Soul. Such fullness in that quarter overflows

---

25 Montashigi 備前長船《おさふね》住《じゅう》元重《もとしげ》(基重とする表記もある)。鎌倉時代末期から南北朝にかけて(14世紀)刀工として名を馳《は》せた。

保全の役目を果している。色《いろ》褪《あ》せても飾りになる。

私の魂　とうに人生の盛りを過ぎた男が、
そんな男の想像力が、なぜ愛と戦いの
表象なんぞを思ったりするのだ？
父祖の時代から伝わる夜を思え。
想像力が大地をさげすみ、知性が
そっちかこっちか、それともあっちかと
迷い戸惑うおのれの性《さが》を軽蔑しさえすれば、
この夜が死と誕生の罪から救い出してくれるぞ。

私の自我　三代目のモンタシギがこれを造ったのは
五百年の昔である。傍らの花は
どの刺繡から取ったものかはわからない――
芯の色は紫だ――おれはこのすべてを
昼の象徴と考えて
夜を象徴する塔に対立させる。
そうして戦う者の権利にかけて
ふたたび罪を犯す許し状を求めるのだ。

私の魂　あの方位が漲《みなぎ》りわたり、

And falls into the basin of the mind
That man is stricken deaf and dumb and blind,
For intellect no longer knows
Is from the *Ought*, or *Knower* from the *Known*—
That is to say, ascends to Heaven;
Only the dead can be forgiven;
But when I think of that my tongue's a stone.

II

My Self. A living man is blind and drinks his drop.
What matter if the ditches are impure?
What matter if I live it all once more?
Endure that toil of growing up;
The ignominy of boyhood; the distress
Of boyhood changing into man;
The unfinished man and his pain
Brought face to face with his own clumsiness;

The finished man among his enemies?—
How in the name of Heaven can he escape
That defiling and disfigured shape

溢れ出て精神の水盤に降りそそぐから、人は
にわかに唖者《あしゃ》となり聾者《ろうじゃ》となり盲人となる。知性は、
もはや、《あるべき》と《ある》を、《認識されるもの》と
《認識する者》を識別できないからだ——
言ってみれば、知性は天に昇るのである。
ただ死者だけが許されるのだ。だが、
それを思うとき、私の舌は石となる。

II

私の自我　生きる男は盲目でおのれの滴《しずく》を飲む。
下水が穢《けが》れているから何だ。
もう一度初めから生き直すのが何だ。
生長というあの苦役に耐えろ。
少年時代の屈辱にも、
少年から男になるときの難儀にも耐えろ。
未熟な男であることにも、その不様なありようを
目の前に突きつけられる苦痛にも耐えろ。

成熟した男が敵に囲まれたときはどうする？——
まったくの話、底意地の悪い目が鏡となり、
おのれの目に映してみせる

The mirror of malicious eyes
Casts upon his eyes until at last
He thinks that shape must be his shape?
And what's the good of an escape
If honour find him in the wintry blast?

I am content to live it all again
And yet again, if it be life to pitch
Into the frog-spawn of a blind man's ditch,
A blind man battering blind men;
Or into that most fecund ditch of all,
The folly that man does
Or must suffer, if he woos
A proud woman not kindred of his soul.

I am content to follow to its source
Every event in action or in thought;
Measure the lot; forgive myself the lot!
When such as I cast out remorse
So great a sweetness flows into the breast
We must laugh and we must sing,

あのおぞましくも穢らわしい姿から
逃れることなどできるのか。これがわが姿に
違いあるまいと思い定めるのが落ちではないか？
それに栄誉に拾われるのが冬の吹《ふ》きっ曝《さら》しの中では、
逃げおおせたところで何ほどの意味もあるまい？

おれはまた初めから生き直すことに否《いな》やはない。
そのあとでまた生き直してもいい。たとえ人生が
盲人の下水にうごめく蛙の卵のなかにころげ落ち、
盲人どもを打ち据える盲人になることであってもだ。
おのれの魂に釣り合わぬ高慢な女を口説いて、
あげくは馬鹿をしでかし、馬鹿な目に会うという
とりわけて実りゆたかな下水の中に
ころげ落ちるのが人生であってもだ。

行動であれ、思索であれ、万事につけ、
おれはその本源をたどることに否やを言わない。
運命を計量しろ。この身にそのひと山を割り当ててくれ。
おれのような者らが悔恨をかなぐり捨てるとき、
あまりにも強烈な甘美が胸の内に流れ込み、
笑わずにはいられまい。歌わずにはいられまい。

We are blest by everything,
Everything we look upon is blest.

おれたちは万物に祝福されるのである。
おれたちの見るものすべてが祝福されるのである。

[41]　Three Movements

Shakespearean fish swam the sea, far away from
land;
Romantic fish swam in nets coming to the hand;
What are all those fish that lie gasping on the strand?

[41]　詩集 *Words for Music Perhaps and Other Poems* (Dublin, 1932) 初出。

[41]　三つの運動

シェイクスピアの魚ははるかな沖を
　　　　　　　　　　　　　　　　游《およ》いだ。
ロマン派の魚は手繰《たぐ》られる網の中で游いだ。
岸に放り出されて喘《あえ》いでいるこの魚どもは何だ？

［42］ Coole Park, 1929

I meditate upon a swallow's flight,
Upon an aged woman and her house,
A sycamore and lime-tree lost in night
Although that western cloud is luminous,
Great works constructed there in nature's spite
For scholars and for poets after us,
Thoughts long knitted into a single thought,
A dance-like glory that those walls begot.

There Hyde before he had beaten into prose
That noble blade the Muses buckled on,
There one that ruffled in a manly pose
For all his timid heart, there that slow man,
That meditative man, John Synge, and those
Impetuous men, Shawe-Taylor and Hugh Lane,
Found pride established in humility,
A scene well set and excellent company.

---

［42］ 詩集 *Words for Music Perhaps and Other Poems* (Dublin, 1932)初出。 **2 an aged woman** レイディ・グレゴリー。［25］の注を参照。 **9 Hyde** Douglas Hyde(1860–1949). 古典語学者。ゲール語の詩を収集して英語の散文に翻訳、『コナハトの愛の歌』(*Love Songs of Connacht*, 1893)と題して出版した。ゲール語同盟の初代会長。 **11 one** イェイツ自身。 **13 John Synge** ［28］の注を参照。

［42］ クール荘園、一九二九年

私は思う、燕《つばめ》の飛翔を、また、
一人の老いた女と、彼女の館《やかた》を、
また、あの西の雲は輝いているのに、
もう夜に融けこんだ鈴掛《すずかけ》とライムの木を、
あそこで、自然に逆らい、優れた作品が築かれ、
後代の学者や詩人にゆだねられたのを、長い時間をかけて
さまざまな想念が一つの思索に縒《よ》り合され、
舞踏にもなぞらえるべき栄光があの館から生れたのを。

あそこにはハイドがいた。〈詩の女神たち〉が身に帯びる
高貴な剣を散文に鍛え直すまえのことだが。
心底は内気なくせに、肩いからせる恰好《かっこう》で
粋がってみせるやつもいた。あの重厚な男、
あの瞑想的な男ジョン・シングもいた。それにあの
血気盛んな男たちショー＝テイラーとヒュー・レインも
慎ましい物腰に確かな誇りが根づいているのを知った。
巧みな舞台の設定があり、素晴らしい役者たちがいた。

---

14 Shawe-Taylor 土地改革運動に尽した(1866–1911)。 **Hugh Lane** 美術批評家、絵画収集家(1875–1915)。二人ともレイディ・グレゴリーの甥。 **15 pride established in humility** 女主人の特質を述べて。抽象名詞化された人物像。

They came like swallows and like swallows went,
And yet a woman's powerful character
Could keep a swallow to its first intent;
And half a dozen in formation there,
That seemed to whirl upon a compass-point,
Found certainty upon the dreaming air,
The intellectual sweetness of those lines
That cut through time or cross it withershins.

Here, traveller, scholar, poet, take your stand
When all those rooms and passages are gone,
When nettles wave upon a shapeless mound
And saplings root among the broken stone,
And dedicate—eyes bent upon the ground,
Back turned upon the brightness of the sun
And all the sensuality of the shade—
A moment's memory to that laurelled head.

---

19 a swallow これもイェイツ自身を指す。

みんな燕のように来て、燕のように去った。だが、
一人の女性の強い個性が一羽の燕に目を留めて、
本来の目的から逸《そ》れないように仕向けてくれた。
それに、ここで編隊を組んだ五、六羽は、
羅針盤の一点を旋回しているらしかったが、
夢みる大気に確実なものを見出した。
時間を切り裂き、時間と逆回りに交叉《こうさ》する
この条線に知性の優美を見たのだ。

旅人よ、学者よ、詩人よ、ここに立て、
部屋も廊下も、何もかもが取り壊され、
不様な土くれの山の上で刺草《いらくさ》が風にそよぎ、
崩れ落ちた石のあいだに若木が根を張るとき、
ここに立ち —— 大地に目を落し、
太陽の輝きに背を向け、
影の官能の一切に背を向けて —— 月桂冠を戴《いただ》く
あのひとの頭《こうべ》にしばしの思い出を捧げてくれ。

[43]　Coole Park and Ballylee, 1931

Under my window-ledge the waters race,
Otters below and moor-hens on the top,
Run for a mile undimmed in Heaven's face
Then darkening through 'dark' Raftery's 'cellar' drop,
Run underground, rise in a rocky place
In Coole demesne, and there to finish up
Spread to a lake and drop into a hole.
What's water but the generated soul?

Upon the border of that lake's a wood
Now all dry sticks under a wintry sun,
And in a copse of beeches there I stood,
For Nature's pulled her tragic buskin on
And all the rant's a mirror of my mood:
At sudden thunder of the mounting swan
I turned about and looked where branches break
The glittering reaches of the flooded lake.

---

[43]　詩集 *Words for Music Perhaps and Other Poems* (Dublin, 1932)初出。 **4　'dark' Raftery's 'cellar'**　詩人ラフタリー([34]のIIの注を参照)への言及は土地の言い習わしによるのか。闇、盲目、水、酒、詩などへの連想がある。 **12　buskin**　厚底の編上げ半長靴。古代ギリシアで俳優が悲劇を演じるときに履いた。

[43]　クール荘園とバリリー、一九三一年

私の窓の框《かまち》の下を水が走っている。水の中を
川獺《かわうそ》が游《およ》ぎ、水の上に雌の鷭《ばん》が浮ぶ。
水は一マイルのあいだ光輝を失わずに空の下を走り、
それから暗く翳《かげ》って「暗い」ラフタリーの「酒蔵」に落ち、
地の下を走って、クールの領地の岩場に湧き上り、
ここで最後の仕上げをするために
広がって湖となり、穴の中に流れ落ちる。
水とは生れてきた魂でなくて何か？

この湖の縁に森があって、いまはどれもが
冬の日射しに曝《さら》される枯《か》れ棒杭《ぼっくい》でしかないが、
私はそこの橅《ぶな》の茂みに立った。
〈自然の女神〉も悲劇用の編靴を召されたことだし、
高っ調子のおしゃべりはどれも私の気分の鏡になる。
とつぜん、舞い昇る白鳥が轟然《ごうぜん》と羽音を立てるのに
私はふりむき、漲《みなぎ》る湖が溢れ広がって光芒《こうぼう》を放ち、
それを木々の枝が断ち切っているあたりに目をやった。

Another emblem there! That stormy white
But seems a concentration of the sky;
And, like the soul, it sails into the sight
And in the morning's gone, no man knows why;
And is so lovely that it sets to right
What knowledge or its lack had set awry,
So arrogantly pure, a child might think
It can be murdered with a spot of ink.

Sound of a stick upon the floor, a sound
From somebody that toils from chair to chair;
Beloved books that famous hands have bound,
Old marble heads, old pictures everywhere;
Great rooms where travelled men and children found
Content or joy; a last inheritor
Where none has reigned that lacked a name and fame
Or out of folly into folly came.

A spot whereon the founders lived and died

---

26 somebody　レイディ・グレゴリー。

そこにあるのはまたしても表象だ！
あの荒れ狂う白は空の集約であるとしか思えない。
まるで魂のように、視界へ滑走してきて
朝のなかに消えた。なぜかは誰も知らない。
それはいかにも精妙の美をきわめているから
知識や無知がゆがめたものを本来の姿に戻す。
あまりにも尊大な純粋さを保っているから、
子供らならインクの一たらしで殺せると思いかねぬ。

杖が床を打つ。足を引きずり、
椅子から椅子へと伝い歩くひとの音だ。
名のある職人が装丁を施した愛蔵の書物や、
古い大理石の胸像や、古い絵がそこらじゅうにある。
いくつもの大きな部屋では、旅に疲れた男や子供らが
満ち足りた思いを、また喜びを見出した。名声と
栄誉を知らぬ者、愚行から生れて愚行に
　　　　　　　　　　　生きた者が
ここを支配したことのないこの館《やかた》の最後の相続人。

礎石を固めた者たちが生きて死んだ土地は

Seemed once more dear than life; ancestral trees,
Or gardens rich in memory glorified
Marriages, alliances and families,
And every bride's ambition satisfied.
Where fashion or mere fantasy decrees
We shift about—all that great glory spent—
Like some poor Arab tribesman and his tent.

We were the last romantics—chose for theme
Traditional sanctity and loveliness;
Whatever's written in what poets name
The book of the people; whatever most can bless
The mind of man or elevate a rhyme;
But all is changed, that high horse riderless,
Though mounted in that saddle Homer rode
Where the swan drifts upon a darkening flood.

41　We were the last romantics　有名な一句だが過去形で記述されている。自意識が表現技法にまで影響を及ぼしたときに、すでに詩人はロマン派から切り離されたことをイェイツは自覚している。[29]その他を参照。 **46　high horse**　「戦闘用または槍試合用の乗馬」(*OED*)または「高等馬術用の乗馬」(*COD* 5版)だが、ここはギリシア神話の空を飛ぶ馬ペガソス。詩的霊感をもたらす。

かつては生命よりも貴いと思われていた。
多くの思い出を秘める父祖の木々が、庭園が、
かずかずの結婚や、縁組や、家族たちに光輝を添え、
どの花嫁の野心をも満足させた。いま、
人々は流行や一時の気まぐれが支配する場所を
移り動く――あの偉大な栄光はすべて消滅した――
貧しいアラブ族の男と彼のテントのように。

私たちは最後のロマン派であった――古代から
伝わる神聖と美を主題に選んだ。
詩人らの言う民衆の書に書かれていること、
何にもまして人間の精神を祝福しうるもの、
韻律を高揚しうるものの一切をだ。
だがすべては変った。あの駿馬《しゅんめ》を乗りこなす者はない。
かつてはホメロスがあの鞍《くら》にまたがって、
翳りゆく水面に白鳥の漂うあたりを駆けたのだが。

[44] The Choice

The intellect of man is forced to choose
Perfection of the life, or of the work,
And if it take the second must refuse
A heavenly mansion, raging in the dark.
When all that story's finished, what's the news?
In luck or out the toil has left its mark:
That old perplexity an empty purse,
Or the day's vanity, the night's remorse.

---

[44] 詩集 *Words for Music Perhaps and Other Poems* (Dublin, 1932)初出。

[44] 選　択

人生を完成させるか、仕事を完成させるか、
人間の知性は否応《いやおう》なく選ばねばならない。
もし第二の道を選ぶなら、天の宮居《みやい》を
拒み、暗黒のなかで荒れ狂わねばならぬ。
つまるところ、どうなる？
うまくいこうといくまいと痕跡は残る。
あの相も変らぬ困窮が、空っぽの財布が、
でなければ、昼間の自惚《うぬぼ》れと夜の悔恨が。

［45］ Byzantium

The unpurged images of day recede;
The Emperor's drunken soldiery are abed;
Night resonance recedes, night-walkers' song
After great cathedral gong;
A starlit or a moonlit dome disdains
All that man is,
All mere complexities,
The fury and the mire of human veins.

Before me floats an image, man or shade,
Shade more than man, more image than a shade;
For Hades' bobbin bound in mummy-cloth
May unwind the winding path;
A mouth that has no moisture and no breath
Breathless mouths may summon;
I hail the superhuman;
I call it death-in-life and life-in-death.

---

［45］ 詩集 *Words for Music Perhaps and Other Poems* (Dublin, 1932)初出。［33］を参照。 **3 night-walkers** 「娼婦」。 **5 dome** 聖ソフィア大聖堂。東ローマ帝国皇帝ユスティヌアヌス一世(在位527-565年)が建立した(537年)。

[45] ビザンティウム

清められぬもろもろの昼の姿がしりぞく。
酔いつぶれた皇帝の兵士どもは寝た。
大伽藍《だいがらん》の銅鑼《どら》が鳴って、夜の響きが引きしりぞく。
次いで、夜歩く娼婦らの歌が。
星明りの、または月明りの円屋根《まるやね》は蔑視する、
人間存在のすべてを、
ただの錯雑にすぎぬもののすべてを、
人間の血の狂暴と汚辱《おじょく》とを。

私の前に一つの幻像が、人が、あるいは影が、漂う。
人というよりむしろ影、影というよりむしろ幻像。
ミイラの布をぐるぐると巻きつけたこの冥府の糸巻は、
曲りくねる小道を解きほぐすのかもしれぬ。
湿りもなく、息もない一つの口が、
多くの息の絶えた口を召喚するのかもしれぬ。
私はこの超人的なものに挨拶を送る。
私はこれを生の中の死、死の中の生と言う。

Miracle, bird or golden handiwork,
More miracle than bird or handiwork,
Planted on the star-lit golden bough,
Can like the cocks of Hades crow,
Or, by the moon embittered, scorn aloud
In glory of changeless metal
Common bird or petal
And all complexities of mire or blood.

At midnight on the Emperor's pavement flit
Flames that no faggot feeds, nor steel has lit,
Nor storm disturbs, flames begotten of flame,
Where blood-begotten spirits come
And all complexities of fury leave,
Dying into a dance,
An agony of trance,
An agony of flame that cannot singe a sleeve.

Astraddle on the dolphin's mire and blood,
Spirit after spirit! The smithies break the flood,

奇蹟が、鳥が、あるいは金の手細工が、
鳥、手細工というよりはむしろ奇蹟が、
星明りの下で金の枝に据えられると
冥府の雄鶏どものように鳴く。
あるいは月に苛立《いらだ》って、
不変の金属の栄光を誇り、
並《なみ》の鳥や花びらを、
また汚辱や血の錯雑のすべてを、声高らかに軽蔑する。

真夜中に、皇帝の敷石の上を炎がかすめて行く。
薪《まき》で燃えるのでもなく、鋼《はがね》から発するのでもない、
嵐にも揺るがぬ炎、炎から生れた炎が。
そこに、血から生れた霊たちが来て、
狂乱の錯雑をことごとく捨て去り、
死んで舞踏と化し、
恍惚《こうこつ》の苦悶《くもん》となり、
袖《そで》ひとつ焦がさぬ炎の苦悶となる。

海豚《いるか》の汚辱と血に打ちまたがって、
霊がつぎからつぎに！　細工場が潮《うしお》を砕く、

The golden smithies of the Emperor!
Marbles of the dancing floor
Break bitter furies of complexity,
Those images that yet
Fresh images beget,
That dolphin-torn, that gong-tormented sea.

1930

皇帝の金の細工場が！
舞踏場の床の大理石が打ち砕く、
錯雑した苦《にが》い狂暴を、
なおも新しい幻像を生みつける
あの幻像どもを、
海豚に引き裂かれ、銅鑼に苛《さいな》まれるあの海を。

1930 年

［46］ Vacillation

I

Between extremities
Man runs his course;
A brand, or flaming breath,
Comes to destroy
All those antinomies
Of day and night;
The body calls it death,
The heart remorse.
But if these be right
What is joy?

II

A tree there is that from its topmost bough
Is half all glittering flame and half all green
Abounding foliage moistened with the dew;
And half is half and yet is all the scene;

---

［46］ 詩集 *Words for Music Perhaps and Other Poems*(Dublin, 1932)初出。 **11 A tree** 中世ウェールズ騎士物語集『マビノギオン』(*The Mabinogion*)に「川岸に燃える木がそびえていて、半分は根元から梢まで炎に包まれているが、あとの半分には緑の葉むらが生い茂っている」とある(イェイツ「文学におけるケルト的要素」より)。

[46] 動　揺

I

人は二つの極のあいだにいて
おのれの道を走る。
炬火《たいまつ》が、火を吐く息が
現れて、昼と夜の
あの背反を
ことごとく抹殺する。
肉体はこれを死と呼び、
心はこれを悔恨と言う。
だがそれが正しければ
歓びとは何だ？

II

一本の木がある。いちばん高い枝からの半分が
煌々《こうこう》と燃え盛る火炎、あとの半分は緑につつまれて、
しっとりと露に濡れた葉むらが生い繁っている。
半分は半分だが、それでいて全景でもある。

And half and half consume what they renew,
And he that Attis' image hangs between
That staring fury and the blind lush leaf
May know not what he knows, but knows not grief.

III

Get all the gold and silver that you can,
Satisfy ambition, animate
The trivial days and ram them with the sun,
And yet upon these maxims meditate:
All women dote upon an idle man
Although their children need a rich estate;
No man has ever lived that had enough
Of children's gratitude or woman's love.

No longer in Lethean foliage caught
Begin the preparation for your death
And from the fortieth winter by that thought
Test every work of intellect or faith,
And everything that your own hands have wrought,
And call those works extravagance of breath

16　Attis　小アジアの古王国フリギアの神話の美少年。大地の女神に愛されたが、彼女の嫉妬を招き、みずからを去勢して死んだという。死と播種《はしゅ》と再生を象徴する植物神。春の祭典のときにその像が松の木に掲げられて冬になると焼き捨てられた。この祭儀を司るものは去勢者でなければならなかった(ジェイムズ・ジョージ・フレイザー『黄金の枝』による)。 **27　Lethean**　ギリシア神話。冥府(Hades)にあ

半分と半分が互いの再生するものを互いに飲みつくす。
かっと目をむくあの憤怒とびっしり茂る盲目の葉と、
その中間にアッティスの像を掲げる者は、おのれが
知るところを知ってはいまい。だが悲しみも知るまい。

III

手にはいるだけの金銀財宝を掻き集めろ。
功名心を満足させてやれ、退屈きわまる日々に
生気を吹きこめ、太陽を充塡《じゅうてん》してやれ。
ただし、つぎの金言をとくと考えろ。
およそ、女は怠惰な男に惚《ほ》れるのがつねだ。
たとえその子供らは豊かな土地財産を欲しがるにしても。
子供らの感謝か、女の愛か、どちらにしろ
思うだけを手にした男はいたためしがない。

いつまでレテの繁みにからまっていても
仕方があるまい。死ぬための準備をはじめろ。
四十の歳を越したらこの考えをもとにして
知性や信仰の仕事を一つ一つ吟味してみろ。
自分の手で作ったもの一切を見なおせ。
そうして誇らしげに目を見開き、哄笑《こうしょう》しながら

る忘却の川 Lethe の形容詞。一般に「忘却をもたらす」の意。

That are not suited for such men as come
Proud, open-eyed and laughing to the tomb.

IV

My fiftieth year had come and gone,
I sat, a solitary man,
In a crowded London shop,
An open book and empty cup
On the marble table-top.

While on the shop and street I gazed
My body of a sudden blazed;
And twenty minutes more or less
It seemed, so great my happiness,
That I was blessèd and could bless.

V

Although the summer sunlight gild
Cloudy leafage of the sky,
Or wintry moonlight sink the field
In storm-scattered intricacy,

38　An open book　イェイツは、時おり混み合うレストランなどで詩集を開いて読んでいると、強い浄福感に襲われて見知らぬ人々を祝福したくなることがある、と述べている(『月の優しい静寂のなかで』)。

墓に赴《おもむ》く男らにそぐわぬ仕事は
すべてこれ息の無駄遣いと呼ぶがいい。

IV

五十回目の年が来てまた去った。
私はひとり者の侘《わび》しい男で、
混み合うロンドンの店に坐っていた、
大理石張りのテーブルの上に
読みさしの本と空のカップを置いたままで。

こうして店や通りをながめていると
とつぜん、私の体が燃えあがった。
二十分かそこいらは、この浄福が
あまりにも大きくて、私は祝福に恵まれ、
祝福を授けることができるかと思った。

V

夏の日射しが空の雲の
葉むらに金いろの鍍金《めっき》をかけても、
冬の月の光が野原を刻んで
嵐が散らした錯綜《さくそう》を浮き出しにしても、

I cannot look thereon,
Responsibility so weighs me down.

Things said or done long years ago,
Or things I did not do or say
But thought that I might say or do,
Weigh me down, and not a day
But something is recalled,
My conscience or my vanity appalled.

VI

A rivery field spread out below,
An odour of the new-mown hay
In his nostrils, the great lord of Chou
Cried, casting off the mountain snow,
'Let all things pass away.'

Wheels by milk-white asses drawn
Where Babylon or Nineveh
Rose; some conqueror drew rein
And cried to battle-weary men,

59　the great lord of Chou　周の政治家(前11世紀頃)、文王の子、武王の弟。周王朝の文化を創設した。かつてイェイツは *Responsibilities: Poems and a Play* (London, 1914)の銘句に、'How am I fallen from myself, for a long time now I have not seen the Prince of Chang[*sic*] in my dreams.'(「子曰く、甚だしきかな、吾の衰えたるや、久しく、吾また夢に周公を見ず」『論語』述而第七)を引いたこと

私はそれを見るに堪《た》えない。
私にのしかかる責任があまりにも重い。

ずっと昔に言ったこと、やったことや、
言いもせず、やりもしなかったが、
言ってもいい、やってよかろうと思ったことが
私にのしかかり、私を押しひしぐ。
一日として何かを思い出さぬ日はない。
良心や虚栄心が肝を冷やさぬ日はない。

VI

川のうねり流れる平原が眼下に広がる。
刈り立ての干草の匂いが
鼻孔を刺す。周の大公は
山の雪をはらって叫んだ、
「万物をして過ぎ去らしめよ」

バビロンが、ニネベが建つところ、
車は乳白の驢馬《ろば》に曳かれて進む。
どこかの征服者が手綱《たづな》をしぼり、
戦いに倦《う》んだ兵士たちに叫んだ、

がある。 **63 Babylon or Nineveh** バビロニア王国の首都とアッシリア帝国の首都。いずれも旧約聖書の世界に属する。

'Let all things pass away.'

From man's blood-sodden heart are sprung
Those branches of the night and day
Where the gaudy moon is hung.
What's the meaning of all song?
'Let all things pass away.'

VII

The Soul. Seek out reality, leave things that seem.
The Heart. What, be a singer born and lack
a theme?
The Soul. Isaiah's coal, what more can man desire?
The Heart. Struck dumb in the simplicity of fire!
The Soul. Look on that fire, salvation walks within.
The Heart. What theme had Homer but original
sin?

VIII

Must we part, Von Hügel, though much alike, for we
Accept the miracles of the saints and honour

---

74 Isaiah's coal　天使が祭壇の炭火を取り、予言者イザヤの唇に触れて「見よ、これがあなたの唇に触れたので／あなたの咎《とが》は取り去られ、罪は赦《ゆる》された」と言う(旧約「イザヤ書」6・7)。 **78 Von Hügel**　カトリックの神学者で神秘主義者でもあった(1852-1925)。

「万物をして過ぎ去らしめよ」

血にまみれた人間の心臓から
昼と夜のあの枝が生えてくる。
金ぴかの月がそこにぶら下る。
あらゆる歌の意味するものは何か？
「万物をして過ぎ去らしめよ」

VII

魂　実体を見つけ出せ。上っ面だけのものは放っておけ。
心　なに、生れながらの歌うたいに主題を
捨てろというのか？
魂　イザヤ書の炭火だ。人間にそれ以上の何が望める？
心　火の純一性にとらわれて唖者《あしゃ》となるのか！
魂　あの火を見ろ。あのなかを救済が歩いている。
心　ホメロスには原罪のほかにどんな主題が
あった？

VIII

私らは別れねばなるまいか、フォン・ヒューゲルよ、共に
聖者の奇蹟を認め、聖なるものを崇《あが》める似た者では

sanctity?
The body of Saint Teresa lies undecayed in tomb,
Bathed in miraculous oil, sweet odours from it come,
Healing from its lettered slab. Those self-same hands perchance
Eternalised the body of a modern saint that once
Had scooped out Pharaoh's mummy. I—though heart might find relief
Did I become a Christian man and choose for my belief
What seems most welcome in the tomb—play a predestined part.
Homer is my example and his unchristened heart.
The lion and the honeycomb, what has Scripture said?
So get you gone, Von Hügel, though with blessings on your head.

1932

---

80 Saint Teresa　スペインの修道女(1515-1582)。跣足《せんそく》カルメル会の創立者で神秘主義的法悦を重んじた。その墓から発する芳香について述べた伝記などがある。 **88 The lion and the honeycomb**　サムソンが人々にかけた謎「強いものから甘美なものが出た」。獅子の死骸に群れた蜜蜂から蜜が取れたのを踏まえて(旧約「士師記」14)。

あるが？

聖女テレシアの死骸は腐りもせずに墓に横たわっている。
奇蹟の油にひたされた体から芳香が立ちのぼる。
石板に刻まれた文字はこの香りが病を癒《いや》すという。

かつて

ファラオのミイラの内臓を抉《えぐ》り出した手が、その同じ手が、
恐らくは近代の聖女の死体を永遠に残してくれた。

私は

——キリスト教徒になり、墓で何より歓迎される

ものを

信じると決めれば心は安堵《あんど》もしようが——予定された

役を演ずる。

ホメロスが私の手本だ、洗礼を知らぬあの心が。
聖書は獅子と蜜蜂の巣がどうだと言った？

だから去れ、

フォン・ヒューゲルよ、その頭に祝福が宿ることを

願いはするが。

1932年

[47]　Lapis Lazuli
(*For Harry Clifton*)

I have heard that hysterical women say
They are sick of the palette and fiddle-bow,
Of poets that are always gay,
For everybody knows or else should know
That if nothing drastic is done
Aeroplane and Zeppelin will come out,
Pitch like King Billy bomb-balls in
Until the town lie beaten flat.

All perform their tragic play,
There struts Hamlet, there is Lear,
That's Ophelia, that Cordelia;
Yet they, should the last scene be there,
The great stage curtain about to drop,
If worthy their prominent part in the play,
Do not break up their lines to weep.

---

[47]　1938年3月 *The London Mercury* 誌初出。詩集 *New Poems* (Dublin, 1938)、*Last Poems and Plays* (London, 1940) に収録。Harry Clifton はイェイツの知人。70歳の誕生祝いに中国のラピス・ラズリの浮彫りを贈った。 **7 King Billy**　プロテスタントの英国王ウィリアム三世(在位1689–1702年)。Billy は William の俗称。アイルランドに攻め入ってカトリックの前王ジェイムズ二世の軍を敗走させ、全

[47]　ラピス・ラズリ
(ハリー・クリフトンに)

ヒステリックな女たちがこう言うのを聞いた。
パレットも、ヴァイオリンの弓も、
いつも陽気な詩人たちも、もうたくさん。
思い切った手を打たないと、
飛行機やツェッペリンが現れて、
ビリー王みたいに炸裂弾《さくれつだん》を投げつけて、
町を叩きつぶしてしまうのは
誰もが知っているし、知っていなけりゃならないこと。

人はすべておのれの悲劇を演ずる。
そこをハムレットが気どって歩く、そこにはリア王が、
あれはオフィーリア、あれはコーディーリア。
だが彼らは、最後の場が迫《せま》っても、
大きな緞帳《どんちょう》がまさに下りようとしても、
劇の主役にふさわしい人間なら、
台詞《せりふ》の途中で泣き出したりはしない。

土を鎮圧した。[22]の注を参照。

They know that Hamlet and Lear are gay;
Gaiety transfiguring all that dread.
All men have aimed at, found and lost;
Black out; Heaven blazing into the head:
Tragedy wrought to its uttermost.
Though Hamlet rambles and Lear rages,
And all the drop-scenes drop at once
Upon a hundred thousand stages,
It cannot grow by an inch or an ounce.

On their own feet they came, or on shipboard,
Camel-back, horse-back, ass-back, mule-back,
Old civilisations put to the sword.
Then they and their wisdom went to rack:
No handiwork of Callimachus
Who handled marble as if it were bronze,
Made draperies that seemed to rise
When sea-wind swept the corner, stands;
His long lamp-chimney shaped like the stem
Of a slender palm, stood but a day;
All things fall and are built again,

---

25 they　彫刻家など芸術家および哲学者たちを指して。侵入者というよりも難民。 **27 Old civilizatoins [having been] put to the sword.**　分詞構文。カッコのなかの語を補って解する。 **29 Callimachus**　前5世紀ギリシアの彫刻家。

彼らはハムレットもリアも陽気なことを知っている。
陽気さが恐怖をそっくり変えてしまうのだ。
人は誰しも、目指し、見出し、失ってきた。
暗転。天が燃えて頭のなかにはいる。
悲劇は極点に達した。
ハムレットがしゃべり、リアが猛《たけ》り狂おうとも、
十万もの舞台で
すべての幕切れがいちどきに来ようとも、
悲劇はもうこれっぽっちも高まりはしない。

古い文明が剣にかけられたので、彼らは歩いて、
あるいは船に乗って、駱駝《らくだ》に乗って、馬に乗って、
驢馬《ろば》に乗って、騾馬《らば》に乗って、やって来た。
それから、彼らも、その知慧《ちえ》も、ほろびた。
カリマコスは大理石をブロンズか何かのように
自在にあしらい、海風が片隅を吹き抜けると
揺らぐかと見える襞《ひだ》を作ったけれど、
彼の手細工は何一つ残っていない。
あのほっそりした棕梠《しゅろ》の幹のような
長いランプの火屋《ほや》は一日しかもたなかった。
すべての事物は崩壊し、また構築される。

And those that build them again are gay.

Two Chinamen, behind them a third,
Are carved in lapis lazuli,
Over them flies a long-legged bird,
A symbol of longevity;
The third, doubtless a serving-man,
Carries a musical instrument.

Every discolouration of the stone,
Every accidental crack or dent,
Seems a water-course or an avalanche,
Or lofty slope where it still snows
Though doubtless plum or cherry-branch
Sweetens the little half-way house
Those Chinamen climb towards, and I
Delight to imagine them seated there;
There, on the mountain and the sky,
On all the tragic scene they stare.
One asks for mournful melodies;
Accomplished fingers begin to play.

51　There, on the mountain and the sky　おそらくは、中世・ルネッサンス期の理念「世界劇場」(*theatrum mundi*)を意識して。現世は劇場、人々は役者、観客は天上の神、聖者、天に召された勇者たち。彼らは現世の悲劇喜劇を見て笑い興じる。この詩の冒頭の場面とも対応する。ほかに次行末の動詞 stare にかかるとする解釈もある。

そうして、ふたたび築く者たちは陽気だ。

二人の中国人と、あとに従う三人目の男が、
ラピス・ラズリに刻まれている。
その頭上には、長い脚の鳥が舞う、
長寿の象徴が。
三人目の男は疑いもなく召使で、
楽器を手にしている。

この石の一つ一つの褪色《たいしょく》が、
偶然の裂目や、窪《くぼ》みの一つ一つが、
水流や、雪崩《なだれ》のように、あるいは
まだ雪の降り積っている険阻《けんそ》な斜面のように見える。
だが、この中国人たちが登って行く
山腹の小屋には、
李《すもも》や桜の枝の香りが満ちているにちがいない。
私は彼らが小屋に坐するのを思い描いて楽しむ。
そこで、山と空の上で、
彼らはあらゆる悲劇の場面を見つめる。
一人が悲しみの曲を所望する。
修練を積んだ指が奏《かな》ではじめる。

Their eyes mid many wrinkles, their eyes,
Their ancient, glittering eyes, are gay.

彼らの目は、多くの皺《しわ》にうずもれた彼らの目は、
その古代の、輝く目は、陽気だ。

[48] Sweet Dancer

The girl goes dancing there
On the leaf-sown, new-mown, smooth
Grass plot of the garden;
Escaped from bitter youth,
Escaped out of her crowd,
Or out of her black cloud.
Ah dancer, ah sweet dancer!

If strange men come from the house
To lead her away, do not say
That she is happy being crazy;
Lead them gently astray;
Let her finish her dance,
Let her finish her dance.
Ah dancer, ah sweet dancer!

---

[48] 1938年4月 *The London Mercury* 誌初出。詩集 *New Poems* (Dublin, 1938)、*Last Poems and Plays* (London, 1940)に収録。 **1 The girl** イギリスの女優Margot Ruddock(1907-1951)。詩も書いた。イェイツはその詩や朗読を推薦したが、報われず、錯乱に陥り、精神病院で一生を過した。

［48］ やさしい踊り子

娘は踊る、あそこの、
木の葉がこぼれ敷く庭の、
刈りこんだ滑らかな草の上で。
つらい青春からのがれて踊る、
観衆からのがれて踊る、
おのれの黒い雲からのがれて踊る。
《ああ、踊り子よ、ああ、やさしい踊り子よ！》

異形《いぎょう》の男らが家から現れて
娘を連れ去ろうとしても、あれは
狂っているから幸せなのだよとは言うな。
男らをそっとどこかへ連れて行け、
終りまで娘を踊らせておけ、
終りまで娘を踊らせておけ。
《ああ、踊り子よ、ああ、やさしい踊り子よ！》

［49］ The Spur

You think it horrible that lust and rage
Should dance attention upon my old age;
They were not such a plague when I was young;
What else have I to spur me into song?

---

［49］ 1938年3月 *The London Mercury* 誌初出。詩集 *New Poems* (Dublin, 1938)、*Last Poems and Plays* (London, 1940)に収録。 **1 You** 詩人 Dorothy Wellesley〔Wellington 公爵夫人〕(1889–1956)。彼女に宛てた手紙にこの詩が含まれていた。

［49］拍　車

この歳になって情欲と怒りにつきまとわれるとは
なんておぞましいこととあなたは言う。
若いときはこれほど手に余りはしなかったが。
私を歌に駆り立ててくれるものがほかにあるか？

［50］ The Statues

Pythagoras planned it. Why did the people stare?
His numbers, though they moved or seemed to move
In marble or in bronze, lacked character.
But boys and girls, pale from the imagined love
Of solitary beds, knew what they were,
That passion could bring character enough,
And pressed at midnight in some public place
Live lips upon a plummet-measured face.

No! Greater than Pythagoras, for the men
That with a mallet or a chisel modelled these
Calculations that look but casual flesh, put down
All Asiatic vague immensities,
And not the banks of oars that swam upon
The many-headed foam at Salamis.
Europe put off that foam when Phidias
Gave women dreams and dreams their looking-glass.

---

［50］ 1939年3月 *The London Mercury* 誌初出。*Last Poems and Two Plays* (Dublin, 1939)、*Last Poems and Plays* (London, 1940) に収録。 **1 Pythagoras** ピュタゴラスとその一派は数の比例が宇宙の調和の基本となると主張した。[38]の注を参照。 **14 at Salamis** ギリシアの水軍がペルシアの大艦隊をサラミスの狭い水路に迎え撃ち、壊滅的な打撃を与えたことを指す。歴史上はこれがペルシア軍のギリ

［50］ 彫　像

ピュタゴラスが作図した。人はなぜ驚嘆の目を向けた？
彼の数字は、大理石となり、ブロンズと化して動いたが、
もしくは動くかと見えたが、個性に欠けていた。
だが、ひとり寝の床《とこ》で心に恋を思い、頬《ほほ》青ざめた
若者や娘らは、数字の実体を知っていた。
情熱は個性をもたらすに足ることを知っていた。
だから、真夜中にどこかの広場へ出かけて行き、
垂鉛《すいえん》で測定した顔に血の通う唇を押しつけた。

いや！　ピュタゴラスより偉大だ。この男たちが
木槌《きづち》や鑿《のみ》を振るって、生身の肉体としか思えない
計算を造りあげ、曖昧《あいまい》で茫漠《ぼうばく》とした
アジア的なものの一切を制圧したのだから。
サラミスの荒波に浮揚する
艦隊の櫂列《かいれつ》が制圧したのではない。
フェイディアスが女に夢を与え、夢が鏡を与えたときに、
ヨーロッパはあの泡立つ海を押し戻した。

シア侵攻を食い止めるきっかけになったと見られている。 **15 Phidias** ギリシアの彫刻家（［36］のⅠを参照）。

One image crossed the many-headed, sat
Under the tropic shade, grew round and slow,
No Hamlet thin from eating flies, a fat
Dreamer of the Middle Ages. Empty eyeballs knew
That knowledge increases unreality, that
Mirror on mirror mirrored is all the show.
When gong and conch declare the hour to bless
Grimalkin crawls to Buddha's emptiness.

When Pearse summoned Cuchulain to his side,
What stalked through the Post Office?
　　　　　　　　　　　　　What intellect,
What calculation, number, measurement, replied?
We Irish, born into that ancient sect
But thrown upon this filthy modern tide
And by its formless spawning fury wrecked,
Climb to our proper dark, that we may trace
The lineaments of a plummet-measured face.

April 9, 1938

---

25 Pearse　復活祭蜂起の総指揮官。[30]を参照。 **Cuchulain**　アルスター伝説群の悲劇的な英雄。イェイツは生涯のあいだに彼を主役にした五篇の劇を書いた。[6]を参照。「詩の最後のスタンザに彼を入れたのは、ピアスたちがこの英雄を崇拝していたからです」(『イェイツ書簡集』より)。中央郵便局のロビーには今も、木の幹にみずからを縛りつけて、立ったまま息絶えようとする英雄のブロンズ像が据え

一つの像が波立つ海を渡り、熱帯の
木陰に坐して、でっぷり太り、鈍重になった。
蠅《はえ》を食らって痩せ細ったハムレットではない、
中世の肥満した夢想家だ。空ろな眼球は
知識が非実在の領域を増やすことを知った。それに
鏡に映し出された鏡は見せかけでしかないことも。
銅鑼《どら》と法螺貝《ほらがい》が祝福の時刻を告げると、
仏陀の空虚のもとに老いぼれ雌猫がにじり寄る。

ピアスがクーフリンに訴えかけたとき、
何が中央郵便局を通り抜けた？
　　　　　　　　　　どんな知性が、
どんな計算が、数が、測定が、応答した？
われらアイルランド人、古い種族の血を引き継ぎながら、
この猥雑《わいざつ》な現代の潮流のただなかに放り出され、
所構わず卵を生みつける逆上ぶりに巻きこまれて難船した。
だがいま、われわれは固有の暗黒によじのぼり、
垂鉛で測定した顔の輪郭をたどろうとする。

　　1938年4月9日

られている。

[51]　Why should not Old Men be Mad?

Why should not old men be mad?
Some have known a likely lad
That had a sound fly-fisher's wrist
Turn to a drunken journalist;
A girl that knew all Dante once
Live to bear children to a dunce;
A Helen of social welfare dream,
Climb on a wagonette to scream.
Some think it matter of course that chance
Should starve good men and bad advance,
That if their neighbours figured plain,
As though upon a lighted screen,
No single story would they find
Of an unbroken happy mind,
A finish worthy of the start.
Young men know nothing of this sort,
Observant old men know it well;

---

[51]　1939 年、詩人が政治的・社会的見解を披露した小冊子 *On the Boiler* (Dublin) 初出。*Last Poems and Plays* (London, 1940) に収録。
12　a lighted screen　映写幕か。

[51]　老人どもが怒り狂わずにいられるか？

老人どもが怒り狂わずにいられるか？
知る者もいるのだ、確かな毛鉤《けばり》釣師の
手首をしていた好ましい若者が
酒食らいの新聞屋に変るのを、
一冊残らずダンテを読み通した娘が
やがては馬鹿に子供を産まされるのを、
ヘレネにも見紛《みまが》う美女が社会福祉とやらを夢みて
荷車によじのぼり、金切り声でわめくのを。
また、運しだいで善人が飢え死にし、
悪人が出世するのは世の習い、
光をあてた幕に映し出されたかのように
親しい者らがくっきりとした姿を見せたとて、
断ち切られずにすむ幸福な精神のお話など、
出発にふさわしい終り方など、ただの一つも
見当らぬと考える者もいる。
若い者らはこういうことを何も知らないが、
世間を見てきた老人たちは知り抜いている。

And when they know what old books tell,
And that no better can be had,
Know why an old man should be mad.

古い書物が語るところを知るならば、
もっといい目に会うことなんてないと知るならば、
なぜ老人が怒り狂うかを悟るのだ。

［52］ The Circus Animals' Desertion

I

I sought a theme and sought for it in vain,
I sought it daily for six weeks or so.
Maybe at last, being but a broken man,
I must be satisfied with my heart, although
Winter and summer till old age began
My circus animals were all on show,
Those stilted boys, that burnished chariot,
Lion and woman and the Lord knows what.

II

What can I but enumerate old themes?
First that sea-rider Oisin led by the nose
Through three enchanted islands, allegorical dreams,
Vain gaiety, vain battle, vain repose,
Themes of the embittered heart, or so it seems,
That might adorn old songs or courtly shows;

---

［52］ 1939年1月 *The Atlantic Monthly* 誌初出。*Last Poems and Two Plays*(Dublin, 1939)、*Last Poems and Plays*(London, 1940)に収録。 **10 Oisin** フェニア伝説群の英雄。長篇物語詩 *The Wanderings of Oisin*(1889年)は、彼がニーアヴ(Niamh)に導かれて「青春の国」の島々を巡り歩く経緯を語っている。［15］の注を参照。

[52] サーカスの動物たちは逃げた

I

私は主題をさがした。さがしたが無駄骨に終った。
私は六週間かそこら毎日さがした。
老醜をさらす身となったからには、どうやら
おのれの心をもって足れりとせねばなるまいか。
老いがやって来るまでは、夏も冬も、
私のサーカスの動物がこぞって芸を見せたものだが。
あの高足に乗っかった若者ら、あの磨き立てた戦車、
ライオンと女、ほかにもあれやこれやといたものだが。

II

いまは古い主題を数えるほかにどうしようがある?
まず、あの海を行く騎馬の男アシーンがいた。やつは
鼻面をつままれて三つの魔の島を引きまわされた。
あれは三つの寓意の夢――空しい歓楽、空しい戦い、
空しい安らぎ。苦《にが》い思いをした男の主題だ。ともかく
そう見える。古い歌や優雅な催しを引き立てはしよう。

But what cared I that set him on to ride,
I, starved for the bosom of his faery bride?

And then a counter-truth filled out its play,
The Countess Cathleen was the name I gave it;
She, pity-crazed, had given her soul away,
But masterful Heaven had intervened to save it.
I thought my dear must her own soul destroy,
So did fanaticism and hate enslave it,
And this brought forth a dream and soon enough
This dream itself had all my thought and love.

And when the Fool and Blind Man stole the bread
Cuchulain fought the ungovernable sea;
Heart-mysteries there, and yet when all is said
It was the dream itself enchanted me:
Character isolated by a deed
To engross the present and dominate memory.
Players and painted stage took all my love,
And not those things that they were emblems of.

---

18 ***The Countess Cathleen***　劇(1892年初版)。ただし当時の題名の綴《つづ》りは *The Countess Kathleen*。女主人公が農民を飢えから救うために自分の魂を悪魔に売る。**21 my dear**　モード・ゴン。**25 the Fool and Blind Man**　劇『バリアの岸で』(*On Baile's Strand*, 1904年初演)の登場人物。悲劇的なクーフリンと対立する卑小で狡猾で現実的な人物たち。

が、やつを馬に乗せて走らせた私の知ったことか、
あの妖精の新妻《にいづま》に恋いこがれていたこの私の。

それから、反面の真実というのが役割を果し、
私はそれを『キャスリーン伯爵夫人』と名づけた。
彼女は憐れみに動顛《どうてん》しておのが魂を人手に渡したが、
すべてを司る神さまが仲にはいって魂を救った。
私は愛する女が狂信と憎悪の奴隷になり果てて、
おのれの魂を台無しにしはしまいかと思ったのだ。
そうしてこれが一つの夢を生み、やがて
この夢自体が私の思索と愛のすべてを虜《とりこ》にした。

それから、〈道化〉と〈盲《めし》い〉がパンを盗んでいるときに、
クーフリンが荒れ狂う海と戦った。
そこにも心の神秘がある。しかしながら、
つまるところ、私を魅了したのは夢そのものであった。
ある行為によって孤立した登場人物が、
現在を一人占めにし、記憶を支配する。私の愛情を
そっくり虜にしたのは俳優と舞台の書き割りで、
これらが表象している実体ではなかった。

III

Those masterful images because complete
Grew in pure mind, but out of what began?
A mound of refuse or the sweepings of a street,
Old kettles, old bottles, and a broken can,
Old iron, old bones, old rags, that raving slut
Who keeps the till. Now that my ladder's gone,
I must lie down where all the ladders start,
In the foul rag-and-bone shop of the heart.

III

完璧だからこそ横柄なこれらの幻像は
純粋な精神のなかで育った。だが、もともとそれは
何であったか？ 屑物《くずもの》の山、街路の塵芥《ちりあくた》、
古い薬缶《やかん》、古い空瓶《あきびん》、ひしゃげたブリキの缶、
古い火のし、古い骨、ぼろ布、銭箱にしがみついて
喚《わめ》き立てるあの売女《ばいた》。私の梯子《はしご》が消えた今は
あらゆる梯子が始まる場所に、心という
穢《けが》らわしい屑屋の店先に寝そべるほかはない。

[53]　Politics

'In our time the destiny of man presents its meaning in political terms.'—Thomas Mann

How can I, that girl standing there,
My attention fix
On Roman or on Russian
Or on Spanish politics?
Yet here's a travelled man that knows
What he talks about,
And there's a politician
That has read and thought,
And maybe what they say is true
Of war and war's alarms,
But O that I were young again
And held her in my arms!

---

[53]　1939年1月 *The Atlantic Monthly* 誌初出。*Last Poems and Two Plays* (Dublin, 1939)、*Last Poems and Plays* (London, 1940) に収録。トーマス・マン(1875–1955)の言葉は、アメリカの詩人マクリーシュ(Archibald MacLeish, 1892–1982)が論考「詩における演説と内輪話と」('Public Speech and Private Speech in Poetry', 1938)で引用したもの。本来の出典は不詳。 **3–4**　ファシズムの進出、スターリン

［53］ 政　治

《現代にあっては人間の運命は政治の用語をもって
　解明される》——トーマス・マン

あの娘がそこに立っているのに、
どうしてローマやロシアや、
スペインの政治などを
気にしていられる？
だがこちらには自分の意見をしっかりと
心得ている旅慣れたお方がいるし、
そっちには書物を読んでものを考える
政治家もおいでだ。たぶん、
戦争や戦争の危険について
この人たちが言うのは本当なのだろう。
だが、ああ、私はまた若返って
この腕に娘を抱くことができたらどんなにいいか！

の独裁、スペインの内戦。

［54］ Under Ben Bulben

I

Swear by what the sages spoke
Round the Mareotic Lake
That the Witch of Atlas knew,
Spoke and set the cocks a-crow.

Swear by those horsemen, by those women
Complexion and form prove superhuman,
That pale, long-visaged company
That air in immortality
Completeness of their passions won;
Now they ride the wintry dawn
Where Ben Bulben sets the scene.

Here's the gist of what they mean.

---

［54］ 1939年2月3日 *The Irish Times* 初出。*Last Poems and Plays* (London, 1940)に収録。 **1 the sages** エジプトの砂漠に修道院を開いた聖アントニオス(251頃-356)と弟子たち。 **2 the Mareotic Lake** ナイル川河口の近くにある。 **3 the Witch of Atlas** ロマン派の詩人P. B. シェリーの幻想的な詩『アトラスの魔女』(1820年執筆)の女主人公。アトラス山の洞窟に住む美しい魔女が小舟でナイル

[54] ベン・バルベンの下で

I

アトラスの魔女も知るマレオティス湖の
周辺で、賢者たちが語った
言葉にかけて誓え、彼らが語り、
雄鶏を鳴かせた言葉にかけて誓え。

あの騎馬の男ら、あの女どもにかけて誓え、
肌の色合、姿かたちが超人の証《あかし》だ、
情念の完結によって、不死の性《さが》を
かち得たあの空駆ける者ら
あの色青ざめた面《おも》ながの一群にかけて誓え。
ベン・バルベンが情景を定めるところ、
いま、冬の夜明けに、彼らは馬を駆る。

この者らが言おうとするところの要点はこうだ。

を下り、マレオティス湖を見る。 **5 by those horsemen, by those women** アイルランドの妖精たち。[15]を参照。 **11 Ben Bulben** スライゴーの山。[34]のIの注を参照。

II

Many times man lives and dies
Between his two eternities,
That of race and that of soul,
And ancient Ireland knew it all.
Whether man dies in his bed
Or the rifle knocks him dead,
A brief parting from those dear
Is the worst man has to fear.
Though grave-diggers' toil is long,
Sharp their spades, their muscles strong,
They but thrust their buried men
Back in the human mind again.

III

You that Mitchel's prayer have heard,
'Send war in our time, O Lord!'
Know that when all words are said
And a man is fighting mad,
Something drops from eyes long blind,

17　dies　旧版『全詩集』ではdieだが、新版『全詩集』による。

25　Mitchel　John Mitchel(1815–1875)はアイルランドのジャーナリスト。独立運動のために論陣を張る。次行の句は祈りのもじり。彼の『獄中日記』(*Jail Journal*, 1854)にある。

II

人は二つの永遠のあいだにあって、
種族の永遠と魂の永遠のあいだにあって、
何度も生き、何度も死ぬ。
古代のアイルランドはそれを知りぬいていた。
ベッドで死のうと、
ライフル銃で撃ち殺されようと、
恐ろしいといっても、たかだか、
一時のあいだ親しい者と別れるだけのこと。
墓掘り人がどんなに手間ひまかけようと、
彼らの鍬《くわ》の刃が鋭くても、筋肉が逞《たくま》しくとも、
結局は埋葬した者を、また、
人間の心のなかに押しもどすだけだ。

III

「おお、主《しゅ》よ、われらが時に戦いを与えたまえ！」
ミッチェルのこの祈りを聞いた者は知っている、
あらゆる言葉を言いつくして
男が死に物狂いで戦うときには、
長いあいだ盲《めし》いていた目から何かが剝落《はくらく》するのを、

He completes his partial mind,
For an instant stands at ease,
Laughs aloud, his heart at peace.
Even the wisest man grows tense
With some sort of violence
Before he can accomplish fate,
Know his work or choose his mate.

IV

Poet and sculptor, do the work,
Nor let the modish painter shirk
What his great forefathers did,
Bring the soul of man to God,
Make him fill the cradles right.

Measurement began our might:
Forms a stark Egyptian thought,
Forms that gentler Phidias wrought.
Michael Angelo left a proof
On the Sistine Chapel roof,
Where but half-awakened Adam

41　Make him fill the cradles right　ふたたび生れ出るために。 **46　the Sistine Chapel**　ローマ教皇の礼拝堂。天井にミケランジェロ作の「天地創造」が描かれている。

おのれの精神の欠落を満たし、
一瞬のあいだ、楽々と立ちつくし、
心は安らぎ、高らかに哄笑《こうしょう》するのを。
どんなに賢明な男でも、
おのれの運命を成就する直前には、つまり、
自分の仕事を知覚するときや、妻を選ぶときには、
ある狂暴な感情に駆られて気を張るのだ。

IV

詩人と彫刻家よ、自分の仕事をしろ。
当世ふうの流行画家も
偉大な父祖の仕事から目をそらすな。
人間の魂を神のそばに連れて行ってやれ。
人間がきっちりと揺《ゆ》り籠《かご》にはいるようにしてやれ。

測定が私たちの力の根源にある。
厳しいエジプト人の考案した形体や、
もっと穏やかなフェイディアスの造った形体がある。
ミケランジェロはシスティーナ礼拝堂の
天井に一つの証《あかし》を残しておいた。
あの目覚めかけたアダムを見れば、

Can disturb globe-trotting Madam
Till her bowels are in heat,
Proof that there's a purpose set
Before the secret working mind:
Profane perfection of mankind.

Quattrocento put in paint
On backgrounds for a God or Saint
Gardens where a soul's at ease;
Where everything that meets the eye,
Flowers and grass and cloudless sky,
Resemble forms that are or seem
When sleepers wake and yet still dream,
And when it's vanished still declare,
With only bed and bedstead there,
That heavens had opened.
　　　　　　　　　　Gyres run on;
When that greater dream had gone
Calvert and Wilson, Blake and Claude,
Prepared a rest for the people of God,
Palmer's phrase, but after that

---

64 Calvert　Edward Calvert(1799-1883). イギリスの幻想画家。 **Wilson**　Richard Wilson(1714-1782). イギリスの風景画家。 **Blake**　William Blake(1757-1827). 前ロマン派の詩人・画家・版画家。神秘主義者。 **Claude**　Claude Lorrain(1600-1682). フランスの風景画家。
66 Palmer　Samuel Palmer(1805-1881). イギリスの風景画家・銅版画家。神秘主義者。

忙《せわ》しない足で世界を見て回るマダムが慌《あわ》てる。
その内臓が火のようにかっかと燃える。
神秘を作りなす精神が、行く手に、
一つの目的を、世俗的な人間の完成という
目的を定めていた証拠だ。

十五世紀イタリアの絵描きは
神や聖人の像の背景に
魂の憩う庭園を描いておいた。
この庭園では、目に見えるものはどれも、
花も、草も、晴れわたった空も、
眠りから覚めてもまだ夢を見ているときに、
つまり、いっさいが跡かたもなく消え失せて、
ただ夜具と寝台があるだけなのに、なお、
天空が開いたと断言するときに、存在する形、
存在するかに見える形に似ている。
　　　　　　　　　　渦巻はなおも渦を巻く。
あの大いなる夢が消滅したときに、カルヴァートと
ウィルソンが、またブレイクとクロードが、
神の民に安息の場をととのえた、
というのがパーマーの言葉だ。だが、

Confusion fell upon our thought.

V

Irish poets, learn your trade,
Sing whatever is well made,
Scorn the sort now growing up
All out of shape from toe to top,
Their unremembering hearts and heads
Base-born products of base beds.
Sing the peasantry, and then
Hard-riding country gentlemen,
The holiness of monks, and after
Porter-drinkers' randy laughter;
Sing the lords and ladies gay
That were beaten into the clay
Through seven heroic centuries;
Cast your mind on other days
That we in coming days may be
Still the indomitable Irishry.

そのあとは混乱がわれわれの思考に襲いかかった。

V

アイルランドの詩人よ、おまえたちの商売を学べ。
何にせよ巧みに作られたものを歌え。
当世育ちのやつらを軽蔑しろ、
爪先から天辺《てっぺん》まで不様のかぎり、
何一つ覚えていないこういう心や頭脳は
卑しい寝床で種《たね》を受けた卑しい産物だ。
農民を歌え。それから
馬を乗りしごく田舎《いなか》の郷士たちを歌え。
僧侶の神聖を歌え。そのあとは
荷運び人の喧《かまびす》しい哄笑を歌え。
七百年の英雄時代が過ぎ行くうちに
土と混じり合った
陽気な貴族や貴婦人を歌え。
過ぎにし日々に思いを馳《は》せろ。
来《きた》る日々のわれわれが、なお、
不屈のアイルランド民族であるために。

VI

Under bare Ben Bulben's head
In Drumcliff churchyard Yeats is laid.
An ancestor was rector there
Long years ago, a church stands near,
By the road an ancient cross.
No marble, no conventional phrase;
On limestone quarried near the spot
By his command these words are cut:
Cast a cold eye
On life, on death.
Horseman, pass by!

September 4, 1938

---

85 Drumcliff　スライゴーの小村。[22]の注を参照。 **94** ***Horseman***　墓碑銘の定石に従って旅人に呼びかけたか、あるいは冒頭の妖精たちの一人に呼びかけたのか。墓碑は現在もイェイツの遺言どおり教会墓地に立っている。

VI

裸のベン・バルベンの頂《いただき》の下、
ドラムクリフの教会墓地にイェイツは横たわる。
むかし祖先の一人がここの教区牧師をしていた。
近くに教会が立っている。
道路のそばに古い十字架がある。
大理石はいらない。きまり文句もいらない。
近くで切り出した石灰岩に、
彼の求めによって次の言葉が刻まれる。
　　《生も、死も、
　　　冷たい目で見ろ。
　　　騎馬の者よ、行け！》

1938年9月4日

解　説

イェイツはアイルランドの詩人だがイギリスとは格別に縁が深い。満1歳半、まだ物心がつかぬうちに、両親と共にダブリンからロンドンに移って幼少年時代を過し、この大都会の学校で基本的な教育を受けた。夏にはアイルランド北西部の港町スライゴーに行って母の実家に滞在し、農民の暮しや伝説に馴じみ、周辺の山野湖沼に親しんでいたから、たしかに、土地の気風は感受性の強い子供の心に染みわたったろう。だがロンドンに戻ればまた都会の生活が待っている。それはあるいは暗い孤独な生活であったかもしれないが、この二つの異質な世界は微妙な陰翳《いんえい》をおびて少年のなかに定着したはずだ。彼にとってスライゴーの風土は対比され意識化された風土である。それは日常のなかにある風土ではない(端的な例が[11]「湖の島イニスフリー」だろう)。

1881年、16歳でダブリンに戻り、高等学校を経て美術学校にはいるが、20歳になるまでには画業をあきらめて、文学に熱中しはじめた。詩作に手を染め、亡命先から帰国した古風な民族主義者ジョン・オリアリー(John O'Leary, 1830-1907)の人柄に惹かれ、また当時流行していたオカルティズムや心霊学の研究にのめりこんだ。進化論者のせいでキリスト教の信仰を失ったから自分で寄せあつめの宗教をつくった、と彼は『自伝』のなかで述べている。詩、アイルランド民族、オカルティズム。しかし思春期の若者の関心事がこれだけですむはずはない。やがて愛または愛の妄執がつけ加わる。

*

1887年4月、21歳のときイェイツは一家と共にまたロンドンに出る。ダブリンの居住は6年間で途切れた。1889年1月、23歳で第一詩集『アシーンの放浪ほかの詩』を出版、詩壇の注目を浴びた。英雄アシーンが「青春の国」の王女ニーアヴに導かれて彼女の国へ行き、恐怖の島や忘却の島を経巡り、300年の歳月を経て故郷に帰るがもう彼を見知る者はいない。この長篇物語詩の素材は、イギリスではまだ馴じみの薄いアイルランド神話だが、流麗で明快な文体、繊細な韻律、神話的要素などは、19世紀後半に愛好されたこのジャンル(たとえばテニソン『王の牧歌』やモリス『地上の楽園』など)を引き継いでいるから、容易にイギリスの読者に受け入れられたろう。以後、世紀末前後10年あまりのあいだに、新進の詩人イェイツはイギリスの詩壇に地歩を固める。

1890年、ライオネル・ジョンソン(Lionel Johnson, 1867–1902)、アーネスト・ダウソン(Ernest Dowson, 1867–1900)、アーサー・シモンズ(Arthur Symons, 1865–1945)ほか、同世代の若い詩人たちを集めて「韻文作者の会」(Rhymers' Club)を結成し、フリート・ストリートの古いパブ「チェシャ・チーズ」の二階に集まって互いの詩を批評しあった。年長のオスカー・ワイルド(Oscar

Wilde, 1854-1900)が顔を出すこともあった。グループの詩選集『韻文作者の本』2冊(1892, 1894)も出した。彼らは唯美主義を標榜《ひょうぼう》する詩人たちで、「芸術のための芸術」を重んじ、政治、倫理、教育、合理主義、写実などを排除する。つまり市民社会を構築する精神を否定して、神秘的かつ象徴的な心的傾向に接近し、表現上の技法には職人の良心をもってこだわるが、何を伝えようとするのか、言葉の意味伝達に対する関心は薄れる。イェイツはフランスの象徴主義、ことにマラルメの語法に心を惹かれる(批評「肉体の秋」1898)。「まえがき」で触れたが「揺れ動く、瞑想的な、有機的なリズム」(「詩の象徴主義」1900)も、詩人を眠りと目覚めの中間に導くための機能であった。

詩人は選ばれた人間として人々に語りかけるというロマン派の心意気は、詩人は呪われた存在であり社会に背を向けるという歪《ゆが》んだかたちで受け継がれる。ここに「芸術家」対「市民」という世紀末独特の対立構造が成立する。

市民と自分たちを区別しようとする強烈な自負心はときに服装にまで及んだ。ワイルドがその典型だ。イェイツも同郷の先輩に倣《なら》ったのか、父親譲りの古いインヴァネスに茶いろのビロードの上衣《うわぎ》、幅広のゆるやかな蝶ネクタイという身なりで芸術家であることを誇示していたが、「韻文作者の会」の詩人たちは概して「イギリス紳士」の服装で通していたし、ライオネル・ジョンソンは「人目につく服装はよくない」とイェイツをたしなめさえした(『自伝』)。これはむろん行儀作法の話ではなく保護色を身につけろということだ。彼らの疎外感がいかに強かったかを示すもので、ほとんどテロリストの心得を思わせる。どちらも市民社会に対する反感、遊離感、敵意を隠し持っているせいか。

ワイルドが男色をめぐる裁判に敗訴、投獄されたのを境目に(1895)、「韻文作者の会」は解体してゆく。ジョンソン(大酒)とダウソン(酒と女と肺病)は夭折し、シモンズは長生きはするが1909年に発狂する。この「悲劇的な世代」(『自伝』)と比べるならイェイツはまことに健全であったというべきだが、仲間に対する信義は終生変ることがなかった([23]「灰いろの岩山」参照)。

*

イェイツが初めてモード・ゴン(Maud Gonne, 1866–1953)に会ったのは1889年。「私が23歳になったときにわが生涯を悩ます煩いがはじまった」と彼は『自伝』第一稿(『回想録』1973出版)で述べているが、そのときの印象を抽出するとつぎの2点である。(1) 絵画や詩や伝説のなかならともかく、現実の女性にこんな美しい人がいるとは思わなかった。(2) 戦争を賛美して私の父を当惑させた。つまり彼が見たのは、不吉な破壊衝動に突き動かされる絶世の美女である。いわば世紀末の「運命の女《ファム・ファタール》」をそこに見たのだ。

イェイツはたちまち恋に落ち求婚し拒否され、しかし友人としてつきあうことは認められ、それから何度も求婚してそのたびに拒否される。たしかに彼女はイェイツに災厄をもたらしたが、謎や伝説の女とは違って、現実のアイルランドの政治と深くかかわる行動的でしばしば過激な女性であった。やがて独立運動の活動家ジョン・マクブライドと結婚し(1903)、2年で別居する。それでもイェイツは未練を断ち切ることができずに52歳になるまで独身であった。その思いは彼の詩のいたるところに濃いあるいは淡い影を落している。たとえば[19]「アダムの呪い」、[20]「二つめのトロイアはない」、[22]「〔許せ、わが父祖よ〕」、[30]「一九一六年復活祭」、[32]「娘のための祈り」、[38]「小学生たちのなかで」などに。イェイツは彼女に引きずられ、振り回され、ついには諦め、しかし終生その思い出につきまとわれた。この点で彼はやはり世紀末の子であった。

*

イェイツを世紀末の仲間たちと区別するものがある。彼はアイルランドの伝統と結びつくことを求めていたし、「市民」という理念をどう捉えていたにしろ、少なくともアイルランドの民衆をおろそかにする気はなかった。これは一つには彼が詩だけでなく劇にも関心をよせていたということとも関係する。最初の習作は牧歌劇であったし、寓意劇『キャスリーン伯爵夫人』(1892)を書いてもいた。劇場の観客という特定の「市民」に背を向けるつもりはなかったはずだ。

1900年代にはいって演劇運動に乗りだしたのは、本格的に民衆と接触しようとする試みである。この試みはいったんは成功した。まず愛国的な劇『キャスリーン・ニ・フーリハン』において。虐げられたアイルランドを象徴する表題の老婆が国を放浪して、自分のために死んでくれる若者を探し当てるたびに絶世の美女に変身する、という言い伝えをイェイツは一幕物に仕立ててダブリンで上演し(1902)、モード・ゴンが主役の老婆を演じて観客の熱狂的な支持を得た。結婚をひかえた若者が老婆の言葉に感動して平穏な生活を捨てるという単純な筋だが訴える力は強い。

後年の彼はこの劇を見た若者たちが奮起して対英武力抗争に出て行き死んだことを深く悔やんだけれど、当時は観客の支持に大いに力づけられたに違いない。自分はアイルランドに戻って農民の生活の実態を探りたい、私の夢をみんなに理解してもらいたい、とレイディ・グレゴリー(Lady Augusta Gregory, 1852–1932)あての献辞(1903)で述べている。レイディ・グレゴリー、ジョン・ミリングトン・シング(John Millington Synge, 1871–1909)と共にダブリンにアビー劇場を開設し、本格的に演劇運動に乗りだしたのが1904年。アイルランド人の俳優を集め、アイルランドの神話や、農民漁民の生活を劇に仕組んで上演した。

表現の工夫しだいでは「商人や学校教師や薬剤師のように元気で素朴な人たちに」直接詩人のヴィジョンを伝えられるはずだと考え、自分の文体の改革を試みたのは(批評「発見」1906)、詩人と民衆の連帯を求め、自分の夢を人々に理解してもらい、民衆の活力をみずからの詩に取りこみたいという願いに発している。このときの言葉の工夫というのをつづめて言えば、音楽的な雄弁術(彼はこれを「オラトリー」と称する)、つまり説得の手段として「物語、笑い、涙、そして言葉の翼に乗りうるかぎりの音楽」を用いて観客を説得することであった(これは演劇人としての工夫だが、観客を持たない抒情詩人にも応用のきく工夫であることがやがてわかる)。

だが彼が案出したこの語法上の工夫を実際の劇作に生かす余裕はたぶんなかったろう。批評「発見」を発表した翌年早々、1907年1月に信頼する友人シングの喜劇『西の国の伊達男』の上演をめぐって騒動が起きた。観客がアイルランドの民衆を愚弄する劇だと騒ぎ立て、激しい野次を浴びせかけ、ほとんど暴動に近づいて、まともな上演ができなくなり、警官隊が出動するという事態が生じた。民衆に自分のヴィジョンを伝えようというイェイツの思惑はけし飛んだ。この騒ぎに直面してどう感じたかは、たとえば[28]「釣師」などによって察することができる。彼はおのれのヴィジョンと現実の落差を思い知らされた。アイルランドの民衆そのものにではなくとも、少なくともダブリンの中産市民階級には見切りをつけた。

＊

シングは1909年に病没するが、アビー劇場は活動を続ける。イェイツも劇作執筆の手を止めることはない。しかし彼はダブリンの市民たちに裏切られたと感じ、彼らを軽蔑し、憎みさえする。つまりは世紀末以来馴じみの深い「芸術家」対「市民」という構図をここに持ちこんで、芸術に対する大衆の無理解をなじる。

だが、ここにはもう一つのもっと特殊な社会的要因もかかわっていたろう。つまり、アングロ・アイリッシュ上層階級とケルト系中産市民階級のあいだに潜在的にあるいは顕在的にわだかまっていた不信と反目である。そうして、イェイツら三人の演劇運動指導者はいずれもアングロ・アイリッシュであったから、その劇がケルト系市民の全面的な信頼を得ていたのかどうか、という疑問はつねに残る。

ただし、イェイツの場合、この演劇体験と批評「発見」における語法の工夫が空しく潰《つい》えることはなかった。それはやがて彼の詩に大きな転換をもたらす。あの「揺れ動く、瞑想的な、有機的なリズム」は、神秘主義や象徴主義と境を接する繊細優美な表現を目指すものであったが、これに対して「オラトリー」は説得の手段としての言語であり、観客に自分のヴィジョンを伝えるための演劇の工夫であり、具体的には役者の演技と台詞《せりふ》をどう構成するかという問題であったが、これをきっかけに彼自身の詩もまた変化を見せる。ひとことで言えば、直接的で劇的な詩に変化する。

抒情詩人には一般読者のほかには誰もいない。彼のために演じてくれる役者もいない。だから詩人自身がいわば一人の演技者となり、登場人物《ペルソナ》となって語りはじめたのである。演技者イェイツが言葉によって自分の思いを演じきる。この変化は1914年の詩集『責任』あたりから顕著になった。まず、あえてアングロ・アイリッシュの出自を誇る詩([22]「〔許せ、わが父祖よ〕」)や、市民たちに対する怒りをぶつける激烈な一群の詩としてそれは現れたが、これ以後、彼の詩では語り手が主役を務めることが多くなる。

＊

1916年の復活祭蜂起はイェイツに大きな衝撃をもたらした。アイルランド独立の大きな起動力となった事件が、彼をふたたびアイルランドの中産市民階級の側に引き戻した。この年の4月上旬に、イェイツはロンドンの富豪キュナード夫人の主催する催しで、選びぬかれた上流の観客に新作劇『鷹の泉にて』を披露していた。これが日本の能の影響を受けた一幕物で、鷹を演じたのは日本人舞踊家伊藤道郎であったというのはともかく、アイルランドの英雄クーフリンを主役にした劇がロンドンの大邸宅でまず上演されたという皮肉な事実は、『西の国の伊達男』事件が彼にとっていかに痛手となったかを示していると言えるかもしれない。そうして彼がイギリスにいるあいだにこの事件が生じたという事実は、この皮肉な事態をいっそう際立たせる。蜂起が勃発して、義勇軍と市民軍がダブリン市内の中央郵便局ほかを占拠した4月24日復活祭月曜日の前後にも、イェイツはまだイギリスにいた。

［30］「一九一六年復活祭」では18世紀アングロ・アイリッシュの繁栄を象徴する壮麗な石造り建築のなかから、中産市民たち、店員や事務員が一日の仕事を終えて出て来る。ここにまず一つの対照がある。彼はこの市民たちと顔見知りではあってもまじめに付き合うつもりはない。自分と彼らとは道化芝居が演じられる場で生きているだけだから、ありきたりの言葉をかけて行き過ぎる。これが日常の生活だ。

しかし復活祭蜂起によって、もっと厳密に言えば蜂起がイギリス軍に制圧され、5月上旬から中旬にかけて指導者

15名がつぎつぎに銃殺されたという事実によって、この冷淡な関係に変化が生ずる。「恐ろしい美が生れた」というリフレインが詩人の衝撃と賛嘆の入り交じった複雑な心理を表しているが、この結論に到達するまでの戸惑いもまたこの詩の生成のプロセスそのものと重なり合っている。それは詩人がみずから問いかけ、みずから答えるというかたちで進行するのだが、最後に到達する結論は「彼らが夢を見て死んだことを知ればそれでいい」である。

途方もない締めくくりのようだが、これはイェイツとしては最大級の賛辞のつもりだろう。「夢」つまり主観的真実の領域と「現実」つまり客観的事実の領域の相克は、最初期の[1]「幸福な羊飼の歌」当時から彼の主題の一つである。この若書きの牧歌詩と復活祭蜂起の詩とでは、主題も内容もあまりにもかけ離れているが、詩の仕組自体はむしろ似ている。両方とも語り手はみずから問いかけ(前者では二人称単数の誰かに、後者では自分自身に)、みずから答えるという内在的な問答の形式をとり、そうして両方とも「夢」を称える。

ただし後者にはまったく新しい認識があることを見逃すことはできない。夢が世界を変革するというのなら、そのプロセスに暴力が介在する可能性はつねにひそんでいる。夢の実現には「暴力」をともなう、夢が生みだす美は「恐ろしい美」だという認識である。

銃殺された指導者15名、「アイルランドの殉教者」(Irish Martyrs)と呼ばれる人たちの衣服、遺品、書簡などを陳列する一室がダブリンの国立博物館にある。特別な部屋であるからなのか、私が博物館のなかを歩きまわっていてこの部屋に出くわしたときには、ほかに参観者は誰もいなかった。50分ほども一人で立ちつくすことになったのは、イェイツのこの詩の力のせいだろう。その間じゅう、二人の守衛が戸口をふさぐように立って私を見守っていたのを思い出す。三十数年前の話だ。

*

復活祭蜂起の翌年5月、イェイツは詩の定義に再度の修整を加える。すなわち「われわれは他人と口論してレトリックをつくり、自分と口論して詩をつくる。レトリックを操る者たちは、かつて説得した、あるいはこれから説得するであろう大衆を思い起して、音声に自信をみなぎらせる。われわれは不安のただなかで歌う」(『月の優しい静寂のなかで』1918出版)。これはその後の彼の詩のあり方を明確に規定する修整である。

眠りと目覚めのはざまに導く「有機的なリズム」から、聴衆を説得するための「オラトリー」へ、そうして「自分との口論」としての詩へと彼の語法は変転した。ここにはもう聴衆や読者に対する気遣いはない。孤立した自分があるだけのように見える。音楽についての言及もない。韻律があるかぎり言葉の音楽はつねに詩に内在しているが、それをあえて強調することはもはやない。ここでは詩とレトリックを峻別しているようでありながら、実は口論であるかぎりにおいてレトリックの特質を内包する詩へと転化したのである。

詩の主題は自分自身の内面について、あるいは自分を通して見たアイルランドの現状についてである。神話世界の英雄を崇拝する自分自身、18世紀アングロ・アイリッシュの父祖を誇りとする自分自身、老境に入りかけている自分自身、その内面の葛藤をできるだけそのまま詩に写し取ることが大切になった。この葛藤は社会、政治、文化の混迷と深くかかわっていたから、心理の迷路を内なる口論というかたちで外在化するのがよりふさわしくもあった。イェイツの語法は確立した。

＊

復活祭蜂起以後、アイルランドの政情は激しく変化し続ける。1919年から1921年半ばまで、2年半のあいだ、イギリスに対する武力抗争(独立戦争あるいはアングロ・アイリッシュ戦争)が続き、イェイツは[36]「一九一九年」でこのときの体験を語る。1922年1月イギリスとの条約が結ばれ、北6州を除外したかたちでアイルランド自由国が成立し、イェイツは自由国上院議員に選ばれる。だが同年6月に条約の内容に不満な過激派が自由国政府に反乱を起して、アイルランド人同士による激しい内戦の火《ひ》蓋《ぶた》を切り、1923年5月に反乱軍が降伏して内戦は終結する。イェイツは[35]「内戦時代の省察」で荒涼とした精神の状態を語った。この数年のアイルランドでは日常そのものが異常な混乱状態におちいっていた。ここにはもはやT・S・エリオットの言うprovincialism(地方色)が入りこむ余地はない。

アイルランド人同士の内戦が終結したこの年の12月にイェイツはノーベル文学賞を受賞した。知らせを受けて彼が内祝いの晩餐会を開いたとき、真っ先に祝電を寄せたのがパリ在住のジョイス(James Joyce, 1882–1941)だった、とイェイツ伝の著者ジョーゼフ・ホーンは記述している。

*

中期以後のイェイツは詩集『塔』(1928)、『螺旋《らせん》階段』(1933)ほかによって、モダニズムの詩人たちの称賛を浴び、尊敬すべき先達と見なされたが、彼自身が自分の仲間と考えていたのは、やはりアイルランド演劇運動の僚友レイディ・グレゴリーと死んだシングであり(ノーベル文学賞受賞記念講演「アイルランドの演劇運動」の締め括りに、自分の両脇に並んで立つべきは老いて力衰えかけた一人の女性と若くして死んだ一人の男の亡霊だ、と彼は述べている)、また、若いときに励まし合って詩作を学んだイギリスの詩人たちであったろう。

晩年のイェイツが編纂《へんさん》した『オクスフォード近代詩集』(1936)の後半には、エリオットやパウンドやオーデンやマクニースなど当時の前衛詩人たちが名前をつらね、前半には二人の劇作家やワイルドや夭折した世紀末の詩人たちが編纂者自身の詩を囲むようにして顔を揃えている。いわば自分の友人たちを引き連れて20世紀現代詩の領域に踏みこんで来た恰好《かっこう》である。この詞華集の体裁がすなわち詩人イェイツの位置を要約していると言っていいだろう。イェイツの「近代」のなかでは、世紀末とモダニズムは対立しながら共存しているのだ。

なお、イェイツの経歴については、彼自身の『自伝』『回想録』のほかに、R・F・フォスター『W・B・イェイツ伝』全2巻(1997, 2003)、ジョーゼフ・ホーン『W・B・イェイツ 1865-1939』(第2版1962)を参照した。

*

この選詩集を編集し翻訳するにあたっては、編集部の市こうた氏にたいへん世話になった。感謝する。

2009年6月

高松雄一

対訳 イェイツ詩集《ししゅう》

2009 年 7 月 16 日　第 1 刷発行
2021 年 9 月 6 日　第 13 刷発行

編　者　高松雄一《たかまつゆういち》

発行者　坂本政謙

発行所　株式会社 岩波書店
〒101-8002 東京都千代田区一ツ橋 2-5-5
案内 03-5210-4000　営業部 03-5210-4111
文庫編集部 03-5210-4051
https://www.iwanami.co.jp/

印刷・精興社　製本・牧製本

ISBN 978-4-00-322512-7　Printed in Japan

読書子に寄す

――岩波文庫発刊に際して――

岩波茂雄

真理は万人によって求められることを自ら欲し、芸術は万人によって愛されることを自ら望む。かつては民を愚昧ならしめるために学芸が最も狭き堂宇に閉鎖されたことがあった。今や知識と美とを特権階級の独占より奪い返すことはつねに進取的なる民衆の切実なる要求である。岩波文庫はこの要求に応じそれに励まされて生まれた。それは生命ある不朽の書を少数者の書斎と研究室とより解放して街頭にくまなく立たしめ民衆に伍せしめるであろう。近時大量生産予約出版の流行を見る。その広告宣伝の狂態はしばらくおくも、後代にのこすと誇称する全集がその編集に万全の用意をなしたるか。千古の典籍の翻訳企図に敬虔の態度を欠かざりしか。さらに分売を許さず読者を繋縛して数十冊を強うるがごとき、はたしてその揚言する学芸解放のゆえんなりや。吾人は天下の名士の声に和してこれを推挙するに躊躇するものである。このときにあたって、岩波書店は自己の責務のいよいよ重大なるを思い、従来の方針の徹底を期するため、すでに十数年以前より志して来た計画を慎重審議この際断然実行することにした。吾人は範をかのレクラム文庫にとり、古今東西にわたって文芸・哲学・社会科学・自然科学等種類のいかんを問わず、いやしくも万人の必読すべき真に古典的価値ある書をきわめて簡易なる形式において逐次刊行し、あらゆる人間に須要なる生活向上の資料、生活批判の原理を提供せんと欲する。この文庫は予約出版の方法を排したるがゆえに、読者は自己の欲する時に自己の欲する書物を各個に自由に選択することができる。携帯に便にして価格の低きを最主とするがゆえに、外観を顧みざるも内容に至っては厳選最も力を尽くし、従来の岩波出版物の特色をますます発揮せしめようとする。この計画たるや世間の一時の投機的なるものと異なり、永遠の事業として吾人は微力を傾倒し、あらゆる犠牲を忍んで今後永久に継続発展せしめ、もって文庫の使命を遺憾なく果たさしめることを期する。芸術を愛し知識を求むる士の自ら進んでこの挙に参加し、希望と忠言とを寄せられることは吾人の熱望するところである。その性質上経済的には最も困難多きこの事業にあえて当たらんとする吾人の志を諒として、その達成のため世の読書子とのうるわしき共同を期待する。

昭和二年七月

ドイツ炉辺ばなし集 —カレンダーゲシヒテン	ヘーベル	木下康光編訳
悪童物語	ルウドキヒ・トオマ	実吉捷郎訳
ウィーン世紀末文学選		池内紀編訳
ティル・オイレンシュピーゲルの愉快ないたずら		阿部謹也訳
大理石像・デュランデ城悲歌	アイヒェンドルフ	関泰祐訳
チャンドス卿の手紙 他十篇	ホフマンスタール	檜山哲彦訳
ホフマンスタール詩集		川村二郎訳
インド紀行 全二冊	ボンゼルス	実吉捷郎訳
ドイツ名詩選		生野幸吉・檜山哲彦編
蝶の生活	シュナック	岡田朝雄訳
聖なる酔っぱらいの伝説 他四篇	ヨーゼフ・ロート	池内紀訳
ラデツキー行進曲 全二冊	ヨーゼフ・ロート	平田達治訳
暴力批判論 他十篇 —ベンヤミンの仕事1	ベンヤミン	野村修編訳
ボードレール 他五篇 —ベンヤミンの仕事2	ベンヤミン	野村修編訳
パサージュ論 全五冊	ヴァルター・ベンヤミン	今村仁司・三島憲一・大貫敦子・高橋順一・塚原史・細見和之・村岡晋一・山本尤・横張誠・與謝野文子・吉村和明訳
ジャクリーヌと日本人	ヤーコプ	相良守峯訳
人生処方詩集	エーリヒ・ケストナー	小松太郎訳

第七の十字架 全二冊	アンナ・ゼーガース	山下肇・新村浩訳

《フランス文学》〔赤〕

ロランの歌		有永弘人訳
ラブレー第一之書 ガルガンチュワ物語		渡辺一夫訳
ラブレー第二之書 パンタグリュエル物語		渡辺一夫訳
ラブレー第三之書 パンタグリュエル物語		渡辺一夫訳
ラブレー第四之書 パンタグリュエル物語		渡辺一夫訳
ラブレー第五之書 パンタグリュエル物語		渡辺一夫訳
ピエール・パトラン先生		渡辺一夫訳
日月両世界旅行記	シラノ・ド・ベルジュラック	赤木昭三訳
ロンサール詩集	ロンサール	井上究一郎訳
エセー 全六冊	モンテーニュ	原二郎訳
ラ・ロシュフコー箴言集		二宮フサ訳
ブリタニキュス ベレニス	ラシーヌ	渡辺守章訳
ドン・ジュアン —石像の宴	モリエール	鈴木力衛訳
完訳 ペロー童話集		新倉朗子訳
カンディード 他五篇	ヴォルテール	植田祐次訳
哲学書簡	ヴォルテール	林達夫訳
ルイ十四世の世紀 全四冊	ヴォルテール	丸山熊雄訳
フィガロの結婚	ボオマルシェ	辰野隆訳
美味礼讃 全二冊	ブリア-サヴァラン	関根秀雄・戸部松実訳
アドルフ	コンスタン	大塚幸男訳
近代人の自由と古代人の自由・征服の精神と簒奪 他一篇	コンスタン	堤林剣・堤林恵訳
恋愛論 全二冊	スタンダール	杉本圭子訳
赤と黒 全二冊	スタンダール	桑原武夫・生島遼一訳
ゴプセック・毬打つ猫の店	バルザック	芳川泰久訳
艶笑滑稽譚 全三冊	バルザック	石井晴一訳
レ・ミゼラブル 全四冊	ユーゴー	豊島与志雄訳
死刑囚最後の日	ユーゴー	豊島与志雄訳
ライン河幻想紀行	ユーゴー	榊原晃三編訳
ノートル＝ダム・ド・パリ 全二冊	ユーゴー	辻昶・松下和則訳
モンテ・クリスト伯 全七冊	アレクサンドル・デュマ	山内義雄訳
三銃士 全二冊	デュマ	生島遼一訳
エトルリヤの壺 他五篇	メリメ	杉捷夫訳

《ドイツ文学》〔赤〕

ニーベルンゲンの歌 全二冊　相良守峯訳
若きウェルテルの悩み　ゲーテ　竹山道雄訳
ヴィルヘルム・マイスターの修業時代 全三冊　ゲーテ　山崎章甫訳
イタリア紀行 全三冊　ゲーテ　相良守峯訳
ファウスト 全二冊　ゲーテ　相良守峯訳
ゲーテとの対話 全三冊　エッカーマン　山下肇訳
スペインの太子 ドン・カルロス　シルレル　佐藤通次訳
改訳 オルレアンの少女　シルレル　佐藤通次訳
ヒュペーリオン —希臘の世捨人　ヘルデルリーン　渡辺格司訳
青い花　ノヴァーリス　青山隆夫訳
夜の讃歌・サイスの弟子たち 他一篇　ノヴァーリス　今泉文子訳
完訳 グリム童話集 全五冊　金田鬼一訳
黄金の壺　ホフマン　神品芳夫訳
ホフマン短篇集　池内紀編訳
O侯爵夫人 他六篇　クライスト　相良守峯訳
影をなくした男　シャミッソー　池内紀訳
流刑の神々・精霊物語　ハイネ　小沢俊夫訳
冬物語 —ドイツ　ハイネ　井汲越次訳
芸術と革命 他四篇　ワーグナー　北村義男訳
ブリギッタ・森の泉 他一篇　シュティフター　宇多五郎・高安国世訳
みずうみ 他四篇　シュトルム　関泰祐訳
村のロメオとユリア　ケラー　草間平作訳
沈鐘　ハウプトマン　阿部六郎訳
地霊・パンドラの箱 —ルル二部作　F・ヴェデキント　岩淵達治訳
春のめざめ　F・ヴェデキント　酒寄進一訳
ゲオルゲ詩集　手塚富雄訳
花・死人に口なし 他七篇　シュニッツラー　番匠谷英一・山本有三訳
リルケ詩集　高安国世訳
ドゥイノの悲歌　リルケ　手塚富雄訳
ブッデンブローク家の人びと 全三冊　トーマス・マン　望月市恵訳
トオマス・マン短篇集　実吉捷郎訳
魔の山 全二冊　トーマス・マン　関泰祐・望月市恵訳
トニオ・クレエゲル　トオマス・マン　実吉捷郎訳
ヴェニスに死す　トオマス・マン　実吉捷郎訳
車輪の下　ヘルマン・ヘッセ　実吉捷郎訳
青春はうるわし 他三篇　ヘッセ　関泰祐訳
漂泊の魂 クヌルプ　ヘルマン・ヘッセ　相良守峯訳
デミアン　ヘルマン・ヘッセ　実吉捷郎訳
シッダルタ　ヘッセ　手塚富雄訳
ルーマニア日記　カロッサ　高橋健二訳
若き日の変転　カロッサ　斎藤栄治訳
幼年時代　カロッサ　斎藤栄治訳
指導と信従　カロッサ　国松孝二訳
ジョゼフ・フーシェ —ある政治的人間の肖像　シュテファン・ツワイク　高橋禎二・秋山英夫訳
変身・断食芸人　カフカ　山下肇・山下萬里訳
審判　カフカ　辻瑆訳
カフカ短篇集　池内紀編訳
カフカ寓話集　池内紀編訳
三文オペラ　ブレヒト　岩淵達治訳
肝っ玉おっ母とその子どもたち　ブレヒト　岩淵達治訳

《アメリカ文学》〔赤〕

文学とは何か ―現代批評理論への招待 全二冊　テリー・イーグルトン　大橋洋一訳

D・G・ロセッティ作品集　南條竹則　松村伸一 編訳

真夜中の子供たち 全二冊　サルマン・ラシュディ　寺門泰彦訳

南海千一夜物語　スティーヴンスン　中村徳三郎訳
若い人々のために 他十一篇　スティーヴンスン　岩田良吉訳
マーカイム・壜の小鬼 他五篇　スティーヴンソン　高松雄一・高松禎子訳
怪談 —不思議なことの物語と研究　ラフカディオ・ハーン　平井呈一訳
心 —日本の内面生活の暗示と影響　ラフカディオ・ハーン　平井呈一訳
ドリアン・グレイの肖像　オスカー・ワイルド　富士川義之訳
サロメ　ワイルド　福田恆存訳
嘘から出た誠　ワイルド　岸本一郎訳
童話集 幸福な王子 他八篇　オスカー・ワイルド　富士川義之訳
人と超人　バーナド・ショー　市川又彦訳
分らぬもんですよ　バァナード・ショウ　市川又彦訳
ヘンリ・ライクロフトの私記　ギッシング　平井正穂訳
南イタリア周遊記　ギッシング　小池滋訳
闇の奥　コンラッド　中野好夫訳
密偵　コンラッド　土岐恒二訳
コンラッド短篇集　中島賢二編訳
対訳 イェイツ詩集　高松雄一編

月と六ペンス　モーム　行方昭夫訳
人間の絆 全三冊　モーム　行方昭夫訳
サミング・アップ　モーム　行方昭夫訳
モーム短篇選 全二冊　行方昭夫編訳
アシェンデン —英国情報部員のファイル　モーム　中島賢二・岡田久雄訳
お菓子とビール　モーム　行方昭夫訳
ダブリンの市民　ジョイス　結城英雄訳
荒地　T・S・エリオット　岩崎宗治訳
悪口学校　シェリダン　菅泰男訳
オーウェル評論集　小野寺健編訳
パリ・ロンドン放浪記　ジョージ・オーウェル　小野寺健訳
カタロニア讃歌　ジョージ・オーウェル　都築忠七訳
動物農場 —おとぎばなし　ジョージ・オーウェル　川端康雄訳
対訳 キーツ詩集 —イギリス詩人選(10)　宮崎雄行編
キーツ詩集　中村健二訳
阿片常用者の告白　ド・クインシー　野島秀勝訳
20世紀イギリス短篇選 全二冊　小野寺健編訳

オルノーコ 美しい浮気女　アフラ・ベイン　土井治訳
イギリス名詩選　平井正穂編
タイム・マシン 他九篇　H・G・ウェルズ　橋本槇矩訳
解放された世界　H・G・ウェルズ　浜野輝訳
大転落　イヴリン・ウォー　富山太佳夫訳
回想のブライズヘッド 全二冊　イーヴリン・ウォー　小野寺健訳
愛されたもの　イーヴリン・ウォー　中村健二・出淵博訳
フォースター評論集　小野寺健編訳
白衣の女 全三冊　ウィルキー・コリンズ　中島賢二訳
対訳 ブラウニング詩集 —イギリス詩人選(6)　富士川義之編
灯台へ　ヴァージニア・ウルフ　御輿哲也訳
船出 全二冊　ヴァージニア・ウルフ　川西進訳
アーネスト・ダウスン作品集　南條竹則編訳
ヘリック詩鈔　森亮訳
フランク・オコナー短篇集　阿部公彦訳
たいした問題じゃないが —イギリス・コラム傑作選　行方昭夫編訳
英国ルネサンス恋愛ソネット集　岩崎宗治編訳

《イギリス文学》〔赤〕

ユートピア　トマス・モア　平井正穂訳
完訳カンタベリー物語 全三冊　チョーサー　桝井迪夫訳
ヴェニスの商人　シェイクスピア　中野好夫訳
十二夜　シェイクスピア　小津次郎訳
ハムレット　シェイクスピア　野島秀勝訳
オセロウ　シェイクスピア　菅泰男訳
リア王　シェイクスピア　野島秀勝訳
マクベス　シェイクスピア　木下順二訳
ソネット集　シェイクスピア　高松雄一訳
ロミオとジューリエット　シェイクスピア　平井正穂訳
リチャード三世　シェイクスピア　木下順二訳
対訳シェイクスピア詩集 ―イギリス詩人選(1)　柴田稔彦編
から騒ぎ　シェイクスピア　喜志哲雄訳
言論・出版の自由 他一篇 ―アレオパジティカ　ミルトン　原田純訳
失楽園 全二冊　ミルトン　平井正穂訳
ロビンソン・クルーソー 全二冊　デフォー　平井正穂訳

奴婢訓 他一篇　スウィフト　深町弘三訳
ガリヴァー旅行記　スウィフト　平井正穂訳
ジョウゼフ・アンドルーズ 全二冊　フィールディング　朱牟田夏雄訳
トリストラム・シャンディ 全三冊　ロレンス・スターン　朱牟田夏雄訳
ウェイクフィールドの牧師 ―むだばなし　ゴールドスミス　小野寺健訳
幸福の探求 ―アビシニアの王子ラセラスの物語　サミュエル・ジョンソン　朱牟田夏雄訳
マンフレッド　バイロン　小川和夫訳
対訳ブレイク詩集 ―イギリス詩人選(4)　松島正一編
対訳ワーズワス詩集 ―イギリス詩人選(3)　山内久明編
湖の麗人　スコット　入江直祐訳
キプリング短篇集　橋本槙矩編訳
対訳コウルリッジ詩集 ―イギリス詩人選(7)　上島建吉編
高慢と偏見 全二冊　ジェーン・オースティン　富田彬訳
ジェイン・オースティンの手紙　新井潤美編訳
対訳テニスン詩集 ―イギリス詩人選(5)　西前美巳編
虚栄の市 全四冊　サッカリー　中島賢二訳
床屋コックスの日記・馬丁粋語録　サッカレ　平井呈一訳

デイヴィッド・コパフィールド 全五冊　ディケンズ　石塚裕子訳
炉辺のこほろぎ　ディケンズ　本多顕彰訳
ボズのスケッチ 短篇小説篇 全二冊　ディケンズ　藤岡啓介訳
アメリカ紀行 全二冊　ディケンズ　伊藤弘之・下笠徳次・隈元貞広訳
イタリアのおもかげ　ディケンズ　伊藤弘之・下笠徳次・隈元貞広訳
大いなる遺産 全二冊　ディケンズ　石塚裕子訳
荒涼館 全四冊　ディケンズ　佐々木徹訳
鎖を解かれたプロメテウス　シェリー　石川重俊訳
ジェイン・エア 全二冊　シャーロット・ブロンテ　河島弘美訳
嵐が丘 全二冊　エミリー・ブロンテ　河島弘美訳
アルプス登攀記 全二冊　ウィンパー　浦松佐美太郎訳
アンデス登攀記 全二冊　ウィンパー　大貫良夫訳
ハーディ テス 全二冊　井上宗次・石田英二訳
緑の木蔭 和蘭派田園画　トマス・ハーディ　阿部知二訳
緑の館 ―熱帯林のロマンス　ハドソン　柏倉俊三訳
ジーキル博士とハイド氏　スティーヴンスン　海保眞夫訳
新アラビヤ夜話　スティーヴンスン　佐藤緑葉訳